丸の内で就職したら、幽霊物件担当でした。16

竹村優希

角川文庫

JN048102

Contents

丸の内で就職したら、幽霊物件担当でした。

吉原不動産

東京・丸の内に本社がある、財閥系不動産会社。
オフィスビル、商業施設の建設・運用から
一般向け賃貸まで、扱うジャンルは多岐にわたる。

新垣　澪

幽霊が視え、引き寄せやすい体質。
鈍感力が高く、根性もある。
第六リサーチで次郎の下で働く。

長崎次郎

吉原グループの御曹司。
現在は第六リサーチの副社長。
頭脳明晰で辛辣だが、
優しいところも。

マメ

幽霊犬。飼い主を慕い
成仏出来ずにいたが、
澪に救われ、懐く。

株式会社第六リサーチ

丸の内のはずれにある吉原不動産の子会社。
第六物件管理部が請け負っていた、
「訳アリ物件」の調査を主たる業務としている。

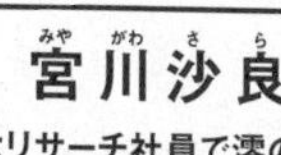

宮川沙良（みやがわさら）

第六リサーチ社員で澪の後輩。
政財界の超大物の御令嬢で、
目黒というお目付役がいる。

溝口 晃（みぞぐちこう）

超優秀なSE。本社と
第六リサーチの仕事を
兼務している。
霊感ゼロの心霊マニア。

高木正文（たかぎまさふみ）

本社の第一物件管理部主任。
次郎の幼なじみ。
容姿端麗、紳士的なエリートで
霊感が強いが、幽霊は苦手。

伊原 充（いはらみつる）

第六リサーチに
案件を持ち込んでくる
軽いノリの謎多きエージェント。

リアム・ウェズリー

英国の世界的ホテルチェーンの御曹司。
完璧な美貌のスーパーセレブだが少々変わり者。
第六リサーチにときどき出入りしている。

イラスト/カズアキ

「――世田谷の築四十年のアパートで、夜中に毎日物音、ですか。……ちなみに、物音だけですか？」

イギリスでの調査を終え、はや二週間。

すっかり日常に戻った澪は、第六のオフィスの応接スペースにて、吉原不動産からの調査依頼物件の資料に目を通しながら眉を顰めた。

正面に座る高木が、澪からの質問を受けて困ったような笑みを浮かべる。

「なんだか、物足りないとでも言いたげだね」

「い、いえ、そういうわけでは！」

「澪ちゃんはすっかり慣れてるみたいだけど、普通の人からすれば、物音だけでも十分不安なんだよ？」

「わ、わかってますよ……」

思わず目が泳いでしまったものの、澪も決して物足りないなどと思っていたわけではない。

ただ、イギリスの調査では派手にポルターガイストを起こす霊と遭遇し、命の危険がチラつく程の経験をした澪からすれば、さほど深刻な状況ではないと感じてしまうのはある意味仕方のないことだった。

「それはともかく、……ずいぶん数が多いですね」

澪はひとまず話題を変えようと、大量の資料をパラパラと捲る。

高木はソファの背もたれに背中を預け、気だるげに頷いてみせた。

「そりゃそうだよ。なにせ、第六はしばらく占い師の件で大変だったし、落ち着いたと思ったらイギリスに行っちゃうしで、溜まる一方だったんだから」

「それを言われると……、なんか、すみません」

変えた話題も結局気まずく、澪は居たたまれずに視線を落とす。

高木としても嫌味を言うつもりはなかったのか、慌てて首を振った。

「いやいや、澪ちゃんが悪いわけじゃないよ。そもそも、次郎からはいつも依頼を蹴られてばかりで、全然減らなかったし」

「ですが、高木さんからの依頼をしばらく請けられていなかったのは事実ですよね」

「それは、まあ……」

「……ですが」

「うん？」

「これからは、どんどん片付けちゃいましょう。なにせ、今の私には決定権がありますから！」

「おお……、さすが……！」

得意げな澪に、高木が大袈裟な拍手をくれる。

というのは、澪はついこの間、次郎からの「澪に任せる」という突然のお達しにより、依頼を請けるかどうかの決断を委ねられた。

同席していた伊原は「面倒な俺を体良く押し付けられたって感じ」とネガティブな解釈をしていたが、たとえそうであっても、重要な選択を任せられたことは、澪にとってとても大きな出来事だった。

とはいえ、好きに依頼を選べること自体を喜んでいるわけでは決してない。

なにより重要なのは、これまでなにもかもを一人で決めていた次郎が、澪に仕事を割り振ったという部分にある。

澪としては、背筋が伸びるような思いだった。

「……そうはいっても、依頼の報酬に関しては、引き続き次郎さんとの交渉になるんですけどね……」

まっすぐに持ち上げてくれる高木の反応が照れ臭く、慌ててそう付け加えると、高木が可笑しそうに笑う。

「いや、十分だよ。なにより、依頼を持ち込む側としてもずっと気が楽だし。……でも、俺に気を遣って請けたりはしないでね」

「その点はご心配なく。そんなことをしたら高木さんもやり辛いでしょうし、次郎さんからの信頼を裏切ることになっちゃいますから」

「……なるほど。澪ちゃんらしいな」

「え？」

「いや、こっちの話」

「ちなみに、すでに伊原さんからの依頼は何件も断ってます」

「はは！」

リラックスして笑う高木の表情を見ながら、澪は改めて、日常が戻ってきたことを実感する。

実際、占い師や仁明（にんみょう）の件に大きく関わっていた第六は、高木が言った通り、ここしばらく依頼どころではなかった。

だからこそ、当たり前に依頼を選べるこの状況は平和でしかない。

ただし、そんな状況であっても、澪にはひとつだけ小さな気がかりがあった。

「……そういえば、次郎は今日いないの？」

「それが……、珍しく有休を取っていまして。今日だけでなく、もう何度か」

「へぇ。ちなみに、理由は聞いてる？」

「はっきりとは教えてくれませんでしたが、なんか、実家がゴタゴタしてるとか……」

気がかりとは、まさに今の会話の通り。

次郎はここ最近、先の理由により頻繁に休みを取っている。

〝実家がゴタゴタしてる〟なんて、普通ならさして引っかかる程の理由でもないが、次郎は吉原グループというやんごとなき一族の、仮にも跡継ぎ候補。

にも拘らず、実家にはほぼ近寄っていないようで、それどころか、強引に吉原不動産の子会社を作るという自由な振る舞いをしている。

そんな次郎が見舞われたゴタゴタの規模など、澪には想像もつかなかった。

おまけに、ここ数年の吉原一族といえば、逮捕者が出た上に仁明関連の物騒なニュースで世間を騒がせ、どう見ても平穏とは言い難い状況にある。

つい考え込んでいると、高木がふいに澪の顔を覗き込んだ。

「そんなに気にする必要ないと思うよ。なにせ、次郎は要領がいいし」

「それはそうなんですけど、……なんだか、不安なんですよね。そもそも私に仕事を任せたのも、実家関連で忙しくなることを見越した上でやむを得ず……ってことなんじゃないかって」

「考えすぎ。やむを得ず仕事を人に任せるようなタイプじゃないでしょ」

「それは……」

「大丈夫。あと、実家のゴタゴタに関しては俺も気になるから、それとなく情報収集してみるね」

「……すみません」

「いえいえ。それより、依頼どうする？　次郎がいないうちに決めちゃおうよ」

「そう、……ですね」

納得できたわけではなかったけれど、今考えたところで解決する話でもなく、澪は気持ちを切り替えてふたたび資料に視線を落とす。

すると、沙良がコーヒーを持って応接室に現れ、澪の横に腰を下ろした。

「澪先輩、手伝いが必要でしたら、なんでもおっしゃってくださいね」

花が綻ぶような可憐な笑みに、澪の心のモヤモヤがスッと晴れる。

「もちろん、頼りにしてるよ。なにせ、依頼がこんなにきてるし」

「本当ですね。少しでもお役に立てれば嬉しいのですが」

言い方がずいぶん控えめな理由は、言うまでもない。

沙良は、占い師の件で命を狙われてからというもの、目黒の目がより厳しくなり、第六での稼働にもいろいろと制限が増えてしまった。

イギリスに同行できなかった理由も、それが影響している。

もっとも、事務作業全般が優秀であるため、雇い続けること自体に不都合はないとのことだが、それでは役に立ちたいという沙良の思惑とはズレてしまい、澪としては少し不憫に感じていた。

そんな中、高木が大量に持ち込んだ依頼には比較的難易度の低そうなものが多く、澪は資料を沙良に向けて大きく頷く。

「もちろんだよ。なにせ、沙良ちゃんは気配に敏感な上、生き霊も視える貴重な人材なんだから。一緒に頑張ろう」

「澪先輩……」

「あ、でも、しばらくは目黒さんの神経がすり減らない程度に」

「ええ。……目黒が皆さんに気を遣わせてしまい、申し訳ありません」

「全然。……それに、目黒さんが異様に心配するのも無理はないっていうか」

「それは、どういった意味でしょう？」

「い、いや……、それより、どれからやろうかなぁ」

つい余計なことを言ってしまいそうになり、澪は慌てて誤魔化し、資料の束を無意味にパラパラと捲る。

すると、資料の束の最後の方で、ふと、赤い印が目に留まった。

気になってもう一度ゆっくり捲ってみると、出てきたのは、右上に〝済(すみ)〟という赤い押印がされたやたらと厚い資料。

「あれ？　これ、済って……」

ちなみに、吉原不動産内では、前社長の逮捕事件を機に第六物件管理部の存在自体をなかったものとし、現在第六に回している調査案件も、履歴を残さないためかローカル環境で管理され、こうして紙に出力されたものは、一定期間が過ぎると物理的に処分されているとのこと。

つまり、〝済〟とは解決済みの案件を意味し、いずれ処分する目印のようなものらしい。

ただ、気になって記載内容をざっと見てみたものの、該当の物件の所在地は蒲田とあり、添えられた写真も含めて澪の記憶にはなかった。

すると、高木が妙に慌てた様子で、澪の手元からその資料をスルリと抜き取る。

「ご、ごめん、関係ないやつが紛れてたみたい」

「関係ないやつ……？」

「そ、そう。心霊現象自体が勘違いだったみたいで、相談してきた部署が依頼を取り下げたんだよ」

「でも、済って印がありましたが……」

「それは、その、取り下げた案件にも押してるから」

高木の態度は明らかに怪しいが、こうも必死に誤魔化されると追及するのも気が引け、澪は渋々頷いてみせた。

「……わかりました」

「ごめんね、混乱させて」

「いえ、……ちなみにですが、また一人で抱え込んだりしていませんよね？」

「え……？」

澪の頭を過っていたのは、占い師の件で、仁明を捜していたときのこと。

あの頃、仁明の血縁にあたる高木は勝手に責任を感じ、澪たちに黙って単独で捜索を進めていた。

あんなことはもう二度と御免だという思いで、澪は高木をまっすぐに見つめる。

高木は澪の思いを察したのか、わずかに瞳を揺らした後、脱力するような笑みを浮かべた。

「大丈夫。もう勝手なことはしないから」

「信じますよ？」

「うん。どうせバレるってわかっちゃったし」

「……だったら、さっきの資料に関しては黙って誤魔化されてあげます。私は、高木さんが困っていないなら別にそれでいいので」

「……まいったな」

高木とは本来、仲間に対して上手く嘘をつけるタイプではない。

ただ、そんな高木への決めつけが影響してか、先の件では高木の嘘になかなか気付くことができず、結果的にずいぶん肝を冷やした。

おそらく当時の高木には、なにがあっても隠さねばならないという強い意識があったのだろう。

それを考えると、今回のあまりにもバレバレな誤魔化し方には、むしろ安心感があった。

「じゃあ、気を取り直して、どれからやりましょうか。とはいえ数が多いので、いっそ案件が古い順にやっちゃってもいいですけど」

「古い順って、まさか本気で全部請けてくれる気？」

「はい。ざっと見た感じ、晃くんと二人でもなんとかなりそうな案件が多いような気がしていて」

「ずいぶん頼もしいこと言うね……。昔は依頼の詳細を聞く前からビクビクしてたのに……」

「いつの話をしてるんですか……。あれから私もいろいろ経験しましたし、今や後輩だっているんですから」

「それはそうなんだけど、なんだか、澪ちゃんが遠くに行っちゃったような気になって。……俺は相変わらず怖がりなのに」

「私はこれが本職ですし、少しくらい慣れてないと逆にまずくないですか？」

「そ、そうだよね、ごめん。なんだか、時の流れをリアルに感じちゃって」

高木の言いたいことは、わからなくもなかった。

澪もまた、自分の成長や変化に関して、自覚している部分が多くあるからだ。

ただし、それらすべてが望んで得たものであるとは言えない。

澪はこれまでの調査で数々の霊たちと向き合い、それらが抱える悲しい思い残しだけでなく、人間の持つ深い欲や黒い感情の存在を、嫌と言う程目の当たりにしてきた。

やがて、この仕事は同情や慈しみだけではどうにもならないことがあるのだと悟り、それと同時に、自らの心の奥に滾る激しい怒りの存在を知った。

自分が歪んでいくような苦しみに苛まれた瞬間だって、何度もある。

ただ、それでもなお続けていられるのは、そんな自分を信用し、支えてくれる多くの存在があるからだ。

「……高木さんはそう言いますけど、第六に配属された当時に高木さんがいなかったら、私はすぐ逃げ出してたと思いますよ」

「そんなことないでしょ。……っていうか、俺は別にフォローしたわけじゃなくて……」

「フォロージャなくて、事実です。だって、当時の次郎さんは強引で横暴でたいした説明もないまま無茶ばかりさせるしで、職場環境としては最悪でしたもん。そんな中、高木さんは他部署にも拘らず調査に付き合ってくれて、次郎さんが抱える事情をこっそり教えてくれて。……だからこそ、逃げずになんとかやれたんです」

「そんなふうに言ってもらえると、俺も救われるよ。……ただ、すぐに気絶する俺を放って逃げられなかった……ってのもあるでしょ？」

「それも、……まあ、ありますけど」

澪がいたずらっぽく笑うと、高木も笑う。

高木との間に流れる空気には、昔はなかった気安さが滲んでいて、これもまた時間の流れの賜物だろうと澪はしみじみ感じていた。

しかし、ふと時計を見るとずいぶん時間が経っていて、澪は慌てて姿勢を正す。

「やば、そろそろ本気で依頼を選ばなきゃ……」

「確かに。つい脱線しちゃうね」

「というか、私はさっきも言った通り、古い順で大丈夫ですよ。優先度が高いものがあるなら話は別ですが」

「あー……、優先度か、確かに。ちょっと待って」

高木はそう言うと、澪が膝の上に広げた書類の束を覗き込む。

次郎の場合は吉原不動産都合の優先度などまったく考慮に入れないため、考えてもいなかったのだろう。

しかし、高木はさほど悩むことなく、資料の中からひとつ引き抜くと、一番上に置いた。

「あえて言うなら、これかな。うちが所有するアパートで、実はその中の一室で以前住人が自殺していて」

「いわゆる事故物件ですね」

「そうなんだけど、ちょっと頭の痛い問題があるんだ」

「じゃあ、それにしましょう」

「え？　まだロクに説明すら……」

「どうせ片っ端からやるんですから、同じことです」

「いや、……そんな決め方でいいの？　次郎と両極端すぎない？」

「中間はないのか、とか思ってます？」

「それは思って、……るけど」

「あはは！」

思わず笑うと、高木がやれやれといった様子で肩をすくめる。

ただ、澪からすれば、高木が優先だと言うものを渋る理由などなかった。

感覚としては、イギリスで、リアムからおばあちゃんの残留思念を探してほしいというお願いをされたときの感覚と少し似ている。

とはいえ、それは絆や友情のような綺麗ごとばかりでは決してなく、霊と向き合うことで募りがちな重い感情を、大切な人からの頼みであると自分に言い聞かせることで乗り切ろうという、自分の中での処世術でもあった。

なにせ、ここ最近の澪には、そうしなければならないくらい、霊に対して怒りが抑えられない瞬間がある。

伊原から依頼を請けて行った学校の調査で残忍な霊に襲われたとき然り、イギリスの調査で、ミラが甥っ子を殺したという真実を知ったとき然り。

澪にとって、それらを上手くコントロールできるようになることが、喫緊の課題だった。

しかしあまり自信がなく、無意識に重い溜め息が零れる。——そのとき、エントランスの方から、ドアが開く音が響いた。

「誰かいらっしゃったみたいですね」

即座に沙良が立ち上がり、玄関ホールを確認するやいなや、ふわりと表情を緩める。

そして。

「澪先輩、お客様です」

「え……？」

驚いて顔を上げた澪の目に入ったのは、応接スペースの前でニコニコと笑うリアムの姿だった。

「リアム……！」

顔を合わせるのはイギリス以来で、その表情を見た途端、忘れ難い数々の思い出が一気に頭を巡る。

「やあ、ミオ。元気そうでなによりだよ」

リアムはそう言って笑うと、応接スペースに入って澪に軽いハグをした。

ちなみに、習慣の違う日本では意識してハグを控えているとのことだが、おそらくイギリスに帰国していたので麻痺(まひ)しているのだろう。

その華やかな登場に、応接室の空気が一気に緩んだ。

打ち合わせ中だった高木も嫌な顔ひとつせず、リアムにソファを勧める。

「リアム、久々の故郷はどうだった？」

「やあマサフミ！　ミオたちが来てくれて本当に助かったよ」

「君の兄弟がいろいろ大変だったって聞いてるけど」

「まあ、ちょっとね。だけどお陰で無事に終わったし、今はほっとしてる。それにしても、やっぱり日本が一番落ち着くね。この空気を浴びるだけで心が静まるよ」

まるで日本人のような台詞だと、澪は思わず笑う。

ただ、リアムの存在が広く知られているイギリスで、どこへ行っても視線を浴びる姿を目の当たりにした澪には、その気持ちがわからなくもなかった。

「今日は、お休みなんですか？」

尋ねると、早速ソファにもたれていたリアムは思い出したように姿勢を起こし、手にしていた紙袋を澪に差し出す。

「そうだ、今日はミオにこれを渡そうと思って来たんだ」

「……なんでしょう？」

「ハリーからの贈り物だよ。うちのホテルに届いたんだけど、ミオに渡してほしいって。多分、調査のお礼じゃないかな」

「ハリーが、私に？」

ハリーとは、イギリスで澪たちが調査した邸宅の持ち主。

思いがけない贈り物に戸惑う澪を他所に、リアムは紙袋の中からリボンのかかった箱を取り出し、澪の前に置く。

「ハリーはミオがオリヴィアのことに一生懸命向き合ってくれたこと、すごく感謝してるみたいだよ。だから、彼の気持ちだと思って受け取ってあげて」

「……いいんでしょうか」

「当然だよ。開けてみたら？」

「は、はい……」

促されるまま包みを開けると、中から出てきたのは、淡いブルーのバラがあしらわれたティーセットだった。

その美しさに思わず見惚《みと》れていると、横でリアムが目を見開く。

「これは、ウェッジウッドのアンティークだ。さすが、ハリーは趣味がいいな」

リアムがサラリと口にしたのは、物の価値に疎い澪ですら知っている、陶磁器メーカーの名前だった。

たちまち緊張が込み上げ、澪はおそるおそるリアムの袖《そで》を引く。

「あ、あの……、ウェッジウッドって、イギリス王室とかで使ってるやつですよね。しかもアンティークってなると、かなり高価なのでは……」

「ウェッジウッドにもいろんなラインがあるから一概には言えないんだけど、これは明らかに上等な物だよ。自分のコレクションからひとつ選んでくれたんじゃないかな。よかったね、ミオ」

「…………」

高級品を前に無邪気なリアムを見ながら、やはりこの人とは感覚が違いすぎると澪はしみじみ痛感する。

そんな中、ティーセットをまじまじと観察していた沙良が、ふと口を開いた。

「澪先輩、青いバラには、『奇跡』や『不可能を成し遂げる』という花言葉があります。日本の花言葉はイギリスの解釈の影響を受けていますから、おそらくイギリスも共通かと。ハリーさんは、澪先輩のことを思ってこれを選んだのではないでしょうか」

「私を、思って……？」

沙良の言葉に、リアムが目を輝かせる。

「それ、すごく納得感があるね！　ハリーにとっては調査で得たなにもかもが、奇跡のように感じられたんだと思う。だからこそ、オリヴィアは恨んでなんていないってずっと信じ続けてくれたミオには、特別に感謝してるんじゃないかな」

「そ、そんな、私は感情のままに動いていただけで、次郎さんにも注意されましたし……」

「だけど、こうして喜んでくれて、ミオ的にも最高の結果じゃない？」

「それは、……そうですが」

躊躇いがちに頷きながら、ふと澪の頭に浮かんできたのは、調査の最終日、ハリーが過去に保護していた子供と再会したときの光景。

調査中は不思議なことがたくさんあったけれど、中でもあの再会の瞬間は特別印象的で、オリヴィアの導きであるとしか思えない、まさに奇跡のような出来事だった。

「そ、その……、私がどうとかは一旦置いておいたとして、調査の結末にハリーが奇跡を感じてくれたなら、素直によかったなって思います。さすがにこれは、高価すぎるお礼ですが……」

「でも、青いバラの淡い色味、ミオによく似合ってるよ」

「……恐れ多いです。怖くて使えないので、大切に仕舞っておきます」

澪はそう言うと、慎重にティーセットの箱を閉じ、入っていた紙袋を手に取る。――瞬間、紙袋の底で、なにかがチリンと音を立てた。

「あれ？　他にもなにか……」

中を覗き込むと、底にあったのは、手のひらサイズの小さな包み。

ティーセットとは違い比較的梱包が新しく、ごく最近購入したものであることが窺えた。

「……なんでしょうか」

「それも贈り物じゃない？　大きさ的に、ジュエリーかな」

「やめてください……」

怖ろしいことを言うリアムを制しながら、澪はおそるおそる包みを開ける。

すると、中から出てきたのは、リスのシルバーチャームがついた可愛らしいキーホルダーだった。

リスは両手でどんぐりを抱え、大きなふわふわの尻尾をくるりと巻いている。

目の前に掲げると金具がチリンと音を鳴らし、沙良が表情を綻ばせた。

「とっても可愛いですね」

「……うん」

澪は頷きながらも、どうしてリスなのだろうかと、首を傾げる。

なんとなく、ティーセットの柄にメッセージを持たせるような人が、ただ可愛いだけで選んだとは思えなかったからだ。

するとリアムが指先でリスに触れながら、小さく笑った。

「シルバーチャームは、イギリスではお守りみたいなものなんだよ。チャームの形にはそれぞれ意味があって、どんぐりには、幸運と成長を願うってメッセージが込められてるんだ」

「幸運と、成長……」

「そう。だから、大切な家族に贈ることが多いかな。たとえば、子供の節目のときなんかに、前途を祈って。……ミオは、よっぽど気に入られたんだね」

途端に、ハリーの優しい笑顔が頭に浮かんだ。

大きすぎる感謝ももちろん嬉しいけれど、この先のことまで祈ってくれる温かさに、胸がぎゅっと締め付けられる。

「成長、ですか……。今の私には、ぴったりの贈り物かも」

「どうして？」

「次郎さんから、仕事を割り振ってもらったばかりですし」

「そうなの？　それはおめでとう！……でも、ミオはすぐに無理をするから、あまり気負わないでね」

「はい。……なんだか、最近いろんな人からその言葉を言われてる気が……」

「それは、君のことが大切だからだよ」

「………」

あまりにストレートな言葉に動揺しながら、澪はリスのチャームをぎゅっと握りしめる。

そして、――もし、今後成長できたと実感が持てたときには、直接報告しに行ってもいいだろうかと、ハリーにこっそりと思いを馳せた。

第一章

西東京市、リノベ済みの築十八年、三階建て、１ＬＤＫの全十五室。

高木からの依頼に関する打ち合わせ当日、澪たちに用意された資料は驚く程細かく、フロアごとの平面図まで添えられていた。

それによれば、該当の物件は、吉原不動産が若い夫婦をメインターゲットに展開しているシリーズのひとつであり、同シリーズは、比較的賃料の安い東京二十三区外を中心に、都心へのアクセスが良い場所を狙って現在も続々と増え続けているらしい。

ただ、ここ数年に関しては、時代の流れなのか、夫婦よりも単身者の方が圧倒的に増えているとのこと。

その傾向を鑑み、ほとんどの敷地に設けている駐車場の一部に、数年前からカーシェアを採用しはじめたという補足資料まであった。

行き届いた素晴らしい物件だと、澪は思う。しかし。

「いや、調査とは関係ない情報が多すぎない？」

高木の資料をパラパラと捲りながら、沙良とともに同席した晃がうんざりした様子でそう呟いた。

「ごめん、つい張り切っちゃって。こういう調査を持ち込むのは久しぶりだし、それにこの賃貸のシリーズは、俺も入社当時に関わったプロジェクトで……」

「思い入れが資料の厚みに出ちゃったってことね」

晃は揶揄するが、澪は、ひたすら細かい資料にすっかり感心していた。

とくに、伊原からの雑な依頼の後などは、高木からの丁寧な依頼が恋しくなってしまう。

ただ、今回に関しては確かに情報量が異常に多く、中には近隣の学校情報まであり、晃の不満も無理はなかった。

「私としては綺麗な資料はありがたいですけど、高木さんはお忙しいんじゃ……」

控えめにそう言うと、高木は首を横に振る。

「いや……、それが、しばらく第六に使える時間が多いんだよ。前にも言ったけど、訳あり物件が溜まってて、上からも急かされてるし。秋の引越しシーズンまでには、稼働できる物件をひとつでも増やしたいんだよね……」

「なるほど。じゃあ、頑張らないとですね」

「ありがとう、頼りにしてるよ」

「おまかせください！」

澪は気合いを入れるかのごとく、大きく頷く。

ちなみに、次郎には依頼を選んだ時点で一度相談しているが、ひと通り話を終えた後に出されたのは、「お前らで進めてくれ」というごく簡潔な指示だった。

唯一補足されたのも、「トラブルがあったときは必ず連絡するように」という、たったひと言のみ。

晃は、「忙しいからって放任すぎ」と笑っていたが、次郎が考えなしに丸投げするタイプでないことを理解しているのだろう、任されたことに対し、晃なりに気概を感じているように見えた。

というのは、晃はその後すぐに秋葉原へ向かい、新たな小型カメラを購入していたからだ。

晃という人間は、飄々としているぶん本音がわかりにくいけれど、張り切っているときは私物の機材が顕著に増える。

そんな、それぞれの思いが交錯する中、高木は分厚い資料をパラパラと捲りながら、小さく息をついた。

「じゃあ……、資料が情報過多だっていう苦情が入ったことだし、内容については、改めて口頭で話してもいいかな」

「す、すみません……」

「とんでもない。……まず前提だけど、十年前、二〇二号室で自殺があって――」

高木が語りはじめたのは、該当の物件が訳アリとなるまでの経緯。

十年前、住人の自殺により二〇二号室が事故物件となったが、長年の空室期間を経て、現在そこには入居者がいるらしい。

契約したのは、羽賀光春（はがみつはる）という名の、都内に勤める三十歳の男。

契約当時は事故物件の告知義務が発生する三年を過ぎていたが、羽賀からの問い合わせによって説明済みとのことで、そのときの担当者によれば、羽賀はたいして気にしておらず、むしろ賃料の安さにかなり喜んでいたのだという。

ちなみに、本人いわく霊感はまったくないようで、吉原不動産にも子会社にも、羽賀から相談や報告が届いた記録はない。

つまり、事故物件である二〇二号室自体は、まったく問題なく稼働している。――の、だが。

吉原不動産を悩ませているのは、ここ最近、二〇二号室以外の部屋からの苦情が後を絶たず、住人の退去が続いていること。

苦情の内容としては、二〇二号室から不気味な泣き声が聞こえたとか、ベランダに立つ奇妙な人影を視たなどの、典型的な心霊現象。

元凶は明らかに二〇二号室だが、肝心の羽賀が平然と住んでいる以上こちらから調査を打診するのは躊躇（ためら）われ、担当部署は頭を抱えていたらしい。

しかしそんな折、続く異変に我慢できなくなった住人の間で、二〇二号室が事故物件であるという事実が暴かれ、一気に噂が広がってしまう。

自殺から十年経ち、住人もひと通り入れ替わって、ようやく悪いイメージが払拭（ふっしょく）されかけていたタイミングでの噂の再燃は、吉原不動産にとって大きなダメージだった。

しかも近年はSNSの普及により情報が広がるのが早く、自殺の件や実際の目撃談が拡散されるにつれ、伝染するように退去者が続いたとのこと。

住人にはフットワークの軽い単身者が多く、それが仇（あだ）になったのだろうと高木は話した。

結果、現在埋まっているのは、全十五室中の八室と、約半分。

賃貸物件としては、芳しくない状況と言える。

「――で、そんなときに、追い打ちをかけるような騒ぎが起こっちゃって。っていうのが、隣の二〇一号室に住んでる佐倉（さくら）さんって人が勝手に霊能者を呼んで、お祓（はら）いを始めちゃったんだよ。しかも、かなり派手な演出でお祓いするタイプの霊能者で、祝詞（のりと）を唱えながら物件の周囲を練り歩いたんだとか。ちなみに、お祓いの効果はゼロ。つまり、ただ状況が悪化しただけっていう……」

高木はそこまで語ると、重い溜め息で説明を締め括（くく）った。

澪はお祓いの様子を想像し、軽い眩暈（めまい）を覚える。

「派手にお祓いなんかしたら、霊が出るって宣伝してるようなものですね……」

「まさに。……で、もうこれは根本的な解決をするしかないって話になって、こっちに相談が来たってわけ」

「なるほど。でも、根本的な解決を目指すなら、いくら羽賀さんが平然と住んでいても、二〇二号室の調査が必要ですよね……？」

「もちろんそうなんだけど……、ただ、二〇一号室の佐倉さんから、毎日何度も苦情が来てるらしくて。先にそっちの応急処置をした方がいいかなって……」

「応急処置ですか……。まあ、次郎さんのお札を使えば、二〇一号室への影響を減らすくらいはできそうですけど、……ただ、他の部屋の住人からはこれまで通り視えるわけですし、効果もいつまで持続するか……」

「わかってる。あくまでただの応急処置だよ。なにせ、放っておくと佐倉さんがまたなにをしでかすかわかんないからさ……。だから、まずは調査に前向きだって姿勢を見せつつ佐倉さんから情報収集して、状況によっては二〇二号室の羽賀さんに調査の打診をできればって思ってるんだけど……、どうかな」

「な、なるほど」

面倒臭いという率直な感想を、澪はかろうじて呑み込む。

いくら手順が回りくどくとも、不利益な噂が広がり続けているこの状況では、高木が慎重になるのも当然だと思ったからだ。

そもそも、いたって普通に暮らしている羽賀に、部屋で心霊調査をさせてほしいと交渉すること自体、まともな不動産屋がすることではない。

下手すれば、また余計な噂を増やす原因ともなり得る。

「……じゃあ、まずは二〇一号室を訪ねて様子を見ましょう」

そう言うと、高木はほっとしたように頷いてみせた。

「ありがとう。ちなみに、佐倉さんには近々調査会社が訪ねる旨を担当者から伝えてもらってるし、彼は在宅勤務でいつでも都合がつけられるらしいから、日程はこっちで決めて大丈夫だよ」

「……さすが、仕事が早いですね」

澪は高木の抜かりなさに感心しつつ、分厚い資料の中から建物全体の平面図を探して視線を落とす。

それによると、各部屋にあるベランダは、隣接する部屋と仕切り板一枚で繋がっているようだった。

これなら、運が良ければ二〇一号室からでも霊との接触が図れるのではないかと澪は思う。

目撃談にある通り、霊がベランダに現れてくれさえすれば、対話も叶うのではないかと。

ただし、二〇二号室はただでさえ注目を浴びているため、噂を気にするのなら、他の住人の視線には十分に配慮しなければならない。

いろいろと気遣うべきことが多く、澪は頭を抱える。

「……高木さん、もう、早めに現地に行っちゃいましょう。事前にいろいろ考えたところで、逆に混乱する一方ですし……。それに、二〇一号室の方も気が気じゃないでしょうから」

「オッケー。なら、すぐに手配するよ」

高木は頷くと、早速携帯でスケジュールの確認をはじめる。

その間、澪は資料をパラパラと捲り、——ふと、十年前の自殺の資料を見つけて咄嗟に手を止めた。

それによると、自殺者は橋下隆一という名の、都内のシステム会社に勤めていた三十五歳の男。

会社で上司からパワハラを受けていたらしく、もう耐えられないと悲痛の思いを綴った遺書が、彼のSNSにアップされていたとあった。

死を選ぶ程に追い詰められていたと思うと胸が痛むけれど、残念ながら、そういった自殺者は現代において決して少なくない。

それぞれに語り尽くせない辛い事情があったとしても、〝とある自殺〟のひとつとして、すぐに忘れ去られてしまうくらいに。

第六の仕事は、亡くなってしまった後にしか手を差し伸べることができないため、こういう過去の記録を読むと、澪はときどきもどかしい気持ちになる。

ただ、亡くなった後であっても気持ちを癒してあげられるなら無意味ではないと、それが自分の向き合い方だと、割り切る他なかった。

つい考え込んでいると、しばらくスケジュールと睨み合っていた高木が顔を上げる。

「澪ちゃん、早速だけど、明日はどうかな」

「え！……ああ、えっと」

　我に返るまでに少し時間がかかったけれど、提案された日程は思っていたよりずっと早く、澪は頷いてみせた。

「私は大丈夫です。晃くんと沙良ちゃんはどう？」

「僕は無理してでも行く」

「あの、私も同行してもよろしいのでしょうか……？」

「もちろんだよ」

　沙良はおそらく、今回も留守番するものと思い込んでいたのだろう。澪の返事にキラキラと目を輝かせた。

「では、是非……！」

　澪としては、沙良が完全に事務専門になってしまう前に、同行の機会を増やさねばならないという思惑があった。

　もちろんあまり危険な目には遭わせられないが、せっかくの高い能力を無駄にするのは惜しく、なにより沙良自身が戦力になることを望んでいるからだ。

「じゃあ決まりってことで、澪ちゃん、よろしくね。時間は一度佐倉さんと調整して、また連絡するよ。当日は迎えに行くから、それまでに準備しておいて」

「迎えって、高木さんも一緒に行ってくれるんですか？」

「当然。前にも言ったけど、今は訳アリ物件の再稼働が最優先だから」

そうは言っても管理部主任の高木は忙しく、今さらながら、無理をさせているのではないかと申し訳なさがじわじわと込み上げてくる。

とはいえ、直接住人の家を訪ねるとなると、吉原不動産の社員であるという高木の肩書きはもちろん、ずば抜けた人あたりの良さも心強く、結局、澪はその優しさに甘えることにした。

「助かります、本当にありがとうございます」

「そんなにかしこまらなくていいよ……」

「ただ、付き合わせるからには、できるだけ急いで終わらせますからね！」

「いやいや、安全第一で、慎重に」

どこまでも優しい高木に、肩の力がふっと緩んだ。

同時に、ここまでやってくれるのだから、絶対に高木の評価を落とすような結末を迎えてはならないと、澪は密かに気合いを入れなおした。

該当の物件に向かったのは、翌日の十五時過ぎ。

その日は珍しく次郎がオフィスにいたけれど、今回の案件については完全にノータッチのつもりなのか、詳細を聞いてくることすらなかった。

澪たちがオフィスを出るときも目すら合わせず、「いってきます」という挨拶に軽く頷いたのみ。

もう少し興味を持ってくれてもいいのにと、卑屈な思いがまったく湧かなかったと言えば嘘になるが、そのときは、仕事を任されたことに対する気概の方が、ずっと勝っていた。

やがて、出発して一時間程が経った頃、カーナビから目的地付近であるというアナウンスが流れ、高木は、間もなく道沿いに現れた三階建てのアパートの敷地に車を入れる。

窓越しに建物を見上げると、それはリノベーションの痕跡のある真っ白な外壁と、赤く錆びた外階段がアンバランスな、どこか物寂しさを感じる佇まいだった。

建物の周囲を見回すと、敷地自体は平面図で見たときの印象よりも広いが、設置された駐車場には車が一台しか停まっておらず、最近採用したというカーシェアにも利用者はいない。

なにより人の生活の気配がほとんどなく、辺り一帯に、説明し難い異様な静けさが漂っていた。

「ねえ……、元は若い夫婦がターゲットだって言ってなかった？　若い夫婦が、わざわざこんな陰気なアパートを選ぶ？」

「……貴重な意見として、上に伝えておくよ」

晃の正直すぎる意見に、高木は複雑そうな表情を浮かべる。

高木からすれば、ずいぶん前とはいえこのプロジェクトに関わっていたことがあるだけに、いろいろと思うところがあるのだろう。

一瞬居たたまれない沈黙が流れたけれど、最後に車を降りた沙良が、即座にそれを破った。

「なんだか……、少し、空気が重いですね」

その言葉で、澪は改めて建物を見上げる。

すると、沙良が言った通り、建物に向かって右手側を中心に、まるでフィルターをかけたかのように景色が暗く感じられた。

中でもとくに異様なのは、二階部分。

平面図によれば右手側に行く程部屋番号が若いため、この暗さの中央にあたる部屋こそ、二〇二号室なのだろうと澪は察した。

「ずいぶんわかりやすいというか……、少しでも霊感がある人なら、あの辺りの部屋がやばそうだって勘付きそうですね……」

澪の呟きに、高木も小さく頷く。

「これじゃ、騒ぎにもなるよなぁ……。ただ、二〇二号室が空室のときは苦情なんて一件もなかったみたいだから、羽賀さんと霊の相性がよっぽど悪いのかも」

高木が言う通り、たとえ霊が出る物件であっても、まったく問題なく住んでいる住人も多く存在する。

むしろ、彷徨う霊のほとんどに害はなく、人の生活に影響を与えるケースの方がよほど稀だ。

ただし、そんな無害な霊の感情を図らずも人が煽ってしまうパターンもあり、まさに高木が言った通り、相性が影響する。

「羽賀さんが別の部屋に移ってくれれば一番てっとり早い気がしますけど、そんな横暴な提案できませんしね……」

「さすがにね……。なにせ家賃は破格だし、事故物件とはいえ生活になんの支障もないってなると、彼でなくても引越しなんてしたくないと思うよ」

「……確かに」

事故物件の家賃は、一般的に元の設定からだいたい三割程度値引きされるのが相場と言われている。

とはいえ、それはあくまで相場でしかなく、大家によっては半額を切る場合もあるとのこと。

澪は羽賀の契約内容を知らないけれど、二〇二号室の長い空室期間を考えると、相当な破格であることは明らかだった。

「じゃあ早速だけど、二〇一号室の佐倉さんを訪ねてみようか」

高木はそう言って、やや気が重そうに外階段を上りはじめる。

澪もその後を追って二階に上がると、次第に両肩にずっしりとした重みを感じた。

これはよくある霊障であり、あまり気持ちのいいものではない。

ただ、こうも広く影響を及ぼしているなら、まだ直接二〇二号室を調べられない澪たちにとっては、状況を確認しやすいぶん都合がいいという考え方もあった。

いっそ、廊下からの呼びかけに霊が応じてくれたら楽なのにと考えながら、澪は二〇二号室を通り過ぎ、二〇一号室の前に立つ。

高木がインターフォンを押すと、間もなく玄関のドアが三センチ程開いた。

見ればチェーンがかかっており、隙間からチラリと覗(のぞ)く目には、わかりやすく警戒心が滲(にじ)んでいる。

物騒な近年において正しい対応とも言えるが、アポイントを取っている相手に対しては少々大袈裟(おおげさ)すぎやしないかと、澪は密かに思っていた。

かたや高木は慣れているのか、いつもの完璧(かんぺき)な営業スマイルを浮かべ、ドアの隙間から名刺を渡す。

「吉原不動産から参りました、高木と申します」

佐倉と思(おぼ)しき男は名刺をまじまじと見つめた後、「ちょっと待ってください」と言って一度ドアを閉め、チェーンを外してふたたびドアを開けた。

「……どうも、佐倉です。今日はその……、うちの状況を確認しに来てくれたんですよね？」

ようやく明らかになった佐倉の姿は、三十歳くらいのいかにも神経質そうな男性だった。

高木は依然として人当たりのいい笑みを浮かべ、深く頷く。

「ええ。奇妙なことが起こっていると伺いましたので、今日は専門の人間と一緒に参りました。彼らは第六リサーチという調査会社の、新垣さん、溝口くん、宮川さんです」

「専門の人間……？　つまり、心霊現象に精通する人たちってことですか？……不動産屋って、そういう繋がりもあるんですね」

「そうですね。ご相談いただければ、お祓いなども手配します」

「………」

高木はあくまで丁寧な態度で、佐倉が勝手にお祓いを呼んで騒ぎを起こしたことをチクリと刺す。

佐倉はわかりやすく目を泳がせた後、話題を変えたいのか、澪たちを中へと促した。

「と、とりあえず、上がってください」

「お邪魔します」

澪は高木の後に続き、ようやく玄関の中に足を踏み入れる。

しかし、途端に目の前に広がった異様な光景に、思わず硬直した。

それも無理はなく、玄関の壁一面にはお札のようなものが貼り巡らされ、おまけに天井からは、異国のものと思しき奇妙な飾りが大量にぶら下がっていたからだ。

まさか怪しい宗教関連だろうかと、それらにあまり良い思い出のない澪は一瞬身構える。

けれど、ふと玄関の隅に置かれた盛り塩と、そのすぐ横にかけられたロザリオが目に入った瞬間、どうやら手当たり次第に魔除けの類を並べているだけのようだと、ほっと息をついた。

同時に思い出していたのは、佐倉は吉原不動産に毎日苦情を入れる程に、心霊現象に怯えているという話。

おそらく、恐怖に悩んだ末、効きそうなものを手当たり次第に集めたのだろう。

ここまでして住み続けなければならない佐倉の気持ちを思うと、ただただ不憫でならなかった。

「……いい感じの物件、紹介してあげればいいのに」

晃も同じことを考えていたのか、澪の後ろでそう呟く。

一方、沙良は天井から吊り下がる飾りを見上げながら、「こちらは東南アジアのものでしょうか。エキゾチックで美しいですね」と、少しズレた感想を口にしていた。

やがて、リビングに通された澪たちは、勧められるままソファに座る。

リビングとはいってもセンターテーブルはパソコンや機材で埋め尽くされ、どちらかと言えば仕事部屋といった様相だった。

全体的にかなりごちゃついているが、この部屋にはもう一室あるため、そっちを寝室として使っているのだろうと澪は思う。そのとき。

「ここでお仕事をされているようですが、その最中に隣からおかしな声が聞こえることは？」

早くも、高木が本題に入った。

佐倉は少し考えた後、曖昧に首を捻る。

「仕事中はずっとイヤホンを着けているのでわかりませんが……、一番多いのは、夜中です。寝ているときに、不気味な声で目を覚ますことがあって……」

「ちなみに、どんな声が？」

「どんなって……、壁越しなのでくぐもっていてよくわかりません。でも、泣き声みたいな、唸り声みたいな……」

「泣き声や唸り声、ですか」

「はい。最初は二〇二号室の人が騒いでるんだろうと思ってたんですけど、苦情を直接言いに行こうとしたタイミングで、外出から帰ってきた彼と鉢合わせたことがあって。……聞けば一人暮らしだって言うし、一度は勘違いだろうとも思ったんですが、そんなときに二〇二号室が事故物件だっていう噂を耳にして、もう、怖くて……」

「……なるほど」

「あと、ベランダの方からも、たまに声が聞こえるんです。前まではよくベランダで喫煙していたんですけど、もうベランダにはいっさい出ていません。結局タバコもやめましたし」

「結果、健康になっていいじゃん」

「晃くん……！」

晃が挟んだ奔放な発言を、澪は慌てて制する。

高木もまた、ぴくりと眉毛を動かしつつも、それらをなかったことにするかのごとく、間髪を容れずに質問を続けた。

「ちなみに、実際に奇妙なものを目撃したことは？」

「それは、……ないです。たとえ声が聞こえても、外を覗く勇気なんてありませんし。カーテンも、昼夜問わずずっと閉めっぱなしで……」

「では、どんな霊かはわからないんですね」

「ええ。人の形をしたものが動いてるっていう噂を、他の住人たちから聞いただけなので……」

話を聞く限り、起きている心霊現象自体はさほど深刻ではないらしいと澪は思う。

佐倉の場合はおそらく、怖ろしい噂をもとに、悪い想像を勝手に膨らませてしまったパターンだろうと。

ただ、それにしては、二〇二号室を纏っていた空気は重く、その程度の影響で済んでいることは少し不思議だった。

「あの……、ベランダを拝見してもよろしいでしょうか」

なんだか無性に気になり、澪はひとまずベランダから二〇二号室の方を窺ってみようと、佐倉にそう尋ねる。

すると、佐倉はわずかに表情を引き攣らせながらも、頷いてみせた。

「ど、どうぞ。……ちなみに、戸を開けた途端に霊がこの部屋に入って来たりなんてこと、ありませんよね……？」

「安心してください。大丈夫ですから」

澪は安心させるように深く頷き、佐倉を頼むという意味を込めて沙良に目配せする。

勘のいい沙良はすぐに察したようで、「落ち着いてください」と佐倉を宥め、天使のような笑みを浮かべた。

澪はその様子を見届けてから一度玄関に靴を取りに行き、いよいよベランダに続くガラス戸のカーテンを引く。

ついさっき本人も言っていたけれど、長く閉めっぱなしだったというカーテンからは、大きく埃が舞った。

それどころか窓の鍵にもしっかりと埃が積もっており、澪はやれやれと思いながらガラス戸を開け、ベランダに下りる。

ひとまず辺りを確認してみたところ、正面は生垣を挟んで大きなマンションが建っており、相当日当たりが悪いのか、床一面はカビで黒く変色していた。

いかにも霊が好みそうな湿っぽさだと思いながら、澪は続けて二〇二号室の方に視線を向ける。

澪に続いた晃と高木もまた、すぐに二〇二号室の方に集中した。

ただ、隣との境目には仕切り板が設置されており、手すりから身を乗り出さなければ、中の様子は確認できそうにない。

するとそのとき。

「ねえねえ、ここから二〇二号室に向かってカメラを回しておけば、なんか映るんじゃない？」

晃が名案とばかりにそう言い、高木が即座に首を横に振った。

「それは、盗撮だから」

「たまたま画角に入っちゃったって言えば？」

「無理がありすぎるよ……」

「そうかなぁ。でも、せめてベランダの撮影許可くらいは取らないと厳しくない？……そうだ、天体の定点観測したいって言うとか」

「どう考えても、カメラの向きが不自然でしょ……。それならもういっそ、心霊調査をしたいってはっきり言った方がよっぽど潔いよ」

「なら、そうすりゃいいじゃん」

「……だから、それは最終手段だって。今日はひとまずこの部屋への影響を確認するために来たわけだし、いきなり強引なことをして目立ちたくないんだ」

「それは、わかってるけどさぁ。……やっぱ、どう考えても回りくどいんだもん。目撃談のあったベランダが目の前にあるっていうのに」

澪は二人のやり取りを聞きながら、密かに、晃の意見に共感していた。

むしろ、撮影が無理なら、霊が現れるまでここで待機させてもらえばいいのではないかと、高木をより困らせそうなことまで考えていた。

ただし、できるだけ騒ぎにならないようにという高木の思いも理解できるぶん、その考えをなんとか呑み込む。

「……とりあえず、今のところ声は聞こえませんし、姿を現してくれそうな気配もないですね」

そう言うと、佐倉がガラス戸の隙間からおそるおそる外を覗きながら、不安げに瞳を揺らした。

「で、でも、本当に声が聞こえるし、霊は絶対にいるんですよ……！　もう少しだけ待ってもらえませんか……？　せめて、夜まで」

必死な訴えを聞きながら、澪もまた、高木に視線で訴えかける。

なにせ、二〇一号室への影響は想像よりも少なく、有益な情報はほとんど得られていない。

高木もそれはわかっているのか、腕を組んだまま悩ましげに眉根を寄せる。――そのとき。

「さっきから、なんの相談ですか？」

ふと、二〇二号室のベランダから声が聞こえた。

驚いて視線を向けると、ベランダの手すりから身を乗り出す男性と目が合う。

状況的に、二〇二号室に住む羽賀本人であると思われるが、こっちの話をどこから聞かれていたのかわからないだけに、澪は挨拶も忘れてすっかり硬直した。

かたや、高木は落ち着いた様子で澪を背中に庇い、隙のない笑みを浮かべる。

「私は吉原不動産から参りました、高木と申します。本日は、外からの物音が気になるというご意見を頂きまして、詳しいお話を伺いに。うるさくしてしまい、申し訳ありません」

それは、思わず感心してしまう程にそつのない対応だった。――しかし。

「物音って、うちにいるっていう霊の仕業でしょ？」

平然と返されたその言葉に、さすがの高木も絶句していた。

羽賀は興味津々な様子で、さらに言葉を続ける。

「いや、そんな顔しなくても、この部屋の噂くらい耳に入ってますよ。ただ自分には視えないっていうだけで」

「……噂ですか」

「このベランダでも、目撃者が結構いるんでしょ？　なにせ事故物件だし、ついこの間も、コンビニで近所のおばさんが大声で話してましたよ。自殺者のお化けが出るらしいって楽しそうに」

「そ、そう、ですか」

高木は依然として対応を決めかねているのか、曖昧に相槌を打つ。――そのとき。

「——そんな噂が広がってるのに、住んでて気持ち悪くないの？」

高木の葛藤など知らぬとばかりに、晃が突如、直接的な質問を挟んだ。

高木の表情は一気に強張るが、一方で羽賀はいきなりのタメ口にも嫌な顔ひとつせず、むしろどこか楽しげに目を輝かせる。

「全然！　俺はむしろ、視てみたいくらいだよ。別に霊に興味なんてなかったけど、こんなに噂が広がってるのに俺だけ視えないなんて、逆に悔しいっていうか」

その受け答えを聞いた瞬間、どうやら羽賀は晃と似たタイプらしいと澪は直感した。

世の中には、霊という存在を怖がるどころか視たいと望む人間が一定数おり、中にはリアムのように神秘だと語る者もいる。

途端に嫌な予感が込み上げたけれど、もはや、一瞬で理解し合った二人の空気に割って入れそうな隙はなかった。

しかし、嫌な予感が的中したのは、その直後のこと。

「っていうか、霊の噂が耳に入ってるなら話が早いじゃん。ねえ、そっちのベランダの撮影させてもらっちゃ駄目？」

晃は高木に確認すら取らず、勝手にそんな提案をした。

「ちょっと待っ……」

高木が慌てて言葉を挟むがすでに手遅れで、羽賀は興奮気味に目を見開き、さらに身を乗り出す。

「ベランダの撮影ってなんのために？……まさか、霊を撮影しようとか思ってる？」

「まあ、そんな感じ」

「え、まさか君らの本当の目的ってそれ？……つまり、そっち系の人？」

「そっち系ってのはわかんないけど、目的については正解。うちは調査会社で、今回は吉原不動産から相談を受けて来たんだよ」

「すげ……！」

晃が口にしたのは、大抵の人が半笑いしそうな現実離れした説明だが、どうやら羽賀には刺さったらしい。

まるで新しいおもちゃを手にした子供のように無邪気な表情を浮かべ、勢いよく頷いてみせた。

「全然いいよ！　ってか、ベランダなんて言わずに部屋の中を撮ればいいじゃん！　どうせ、部屋が本命なんでしょ？」

「……まじ？」

「とりあえず、うちに来なよ。どうせお隣さんの相談も、うちの霊次第なんだろうし」

「やった！」

晃はガッツポーズをしながらも、チラリと高木に視線を向ける。

さすがに、勝手に進め過ぎた自覚があるのだろう。

一方、高木はもはや諦めたとばかりに小さく肩をすくめた。

「なら、お言葉に甘えて……」

どうやら、軌道修正はもう無理だと踏んだらしい。

ただ、計画が大きく狂ったのは事実だとしても、澪たちにとって最終目標はあくまで二〇二号室の調査であり、羽賀への打診に頭を悩ませていたことを考えると、大きく手間が省けたこともまた事実だった。

ついでに言えば、羽賀が口にした「どうせお隣さんの相談も、うちの霊次第」という言い方も、的を射ている。

そうこうしている間にも、晃と羽賀の間では勝手に交渉が進み、晃は「早くも本丸に潜入」と言いながら嬉しそうにベランダを後にした。

澪はその後ろ姿を見送った後、ぐったりと手すりに寄りかかる高木の背中にそっと触れる。

「た、高木さん、大丈夫ですか？」

「……正直、まだ処理が追いつかないよ」

「そう、ですよね。ただ、晃くんの行動はちょっとアレでしたが、早く解決すればそのぶん噂が消えるのも早いわけですし……」

控えめにフォローを入れると、高木はわずかな沈黙の後、やれやれといった様子で頷く。

「まあ、最大限にポジティブに考えれば、そうだね。……もっとも、羽賀さんが晃の同類だった時点で、こうなる気はしてたけど」

「同類……。やっぱり、そう思いました？」

「まあ、晃はああ見えて慎重だし、ただ興味本位に負けて歯止めが利かなくなったってわけでもないんだろうけど」

「……最近はちょっと疑わしいですが」

あえて否定すると、高木は可笑（おか）しそうに笑う。

同時に気持ちも切り替わったのだろう、ベランダからリビングへ戻った。

しかし、そこにはすでに晃の姿はなく、佐倉が不安げに高木を見上げる。

「あの、もう行っちゃうんですか？　うちはどうなるんです……？」

佐倉はもはや半泣きだったが、高木はさっきまでの動揺などなかったかのように、穏やかな笑みを向けた。

「二〇二号室の方から調査の許可をいただきましたので、向かいます。その方が、根本的解決になりますから」

「ほ、本当にそんなに上手（うま）くいきます……？　調査なんて始めて、霊がこっちに逃げて来たりしません……？」

澪はその言葉を聞きながら、そういえば佐倉は澪がベランダに出たいと言ったときも同じ心配をしていたと、ふと思い出す。

おそらく、佐倉は玄関の有様が如実に表しているように、霊が自分の部屋に移動してくることをなによりも怖れているのだろう。

　澪はポケットからいつものお札を取り出すと、動揺する佐倉の手に持たせた。

「佐倉さん、人に影響を及ぼすような霊には、そこに留まる理由がありますから、簡単に移ってきたりはしません。でも、一応お守りをお渡ししておきますので、よかったら使ってください」

　佐倉は受け取ったお札に視線を落とし、疑わしげに眉根を寄せる。

「これ、本当に効きます……？　なんだか、ただの紙切れに見えますけど……」

「大丈夫ですよ。私が知る中では、一番効果があります」

　もちろんそれも使う人間次第ではあるが、少なくとも玄関にある有象無象よりマシであることは明らかだった。

　佐倉は渋々といった様子ながらも結局は頷き、澪たちと一緒に玄関に向かう。

「あの……、なにかあったら、また連絡しても……？」

「ええ。よければ、先ほどお渡しした名刺の携帯にどうぞ。その方が、会社の窓口を経由するより早いですから」

「わ、わかりました……。絶対出てくださいね……？」

　澪たちは佐倉の名残惜しそうな視線からなんとか逃れ、ようやく二〇二号室へ向かう。

　そして、じわじわと重くなる空気に身構えながらインターフォンを押すと、羽賀の代わりに晃が顔を出した。

「三人とも遅いよ！　ってか、リビングも寝室も自由に撮影していいんだってさ。カメラを多めに持ってきといてよかった！」

　そう言いながら晃が手に持っていたのは、ついこの間購入していた、二台の小型カメラ。

　第六としては調査まで予定していなかったが、晃はそもそも、常に私物のカメラを持ち歩いている。

「それ、新しいやつでしょう？　使っていいの？」

「もちろん。メディアは第六の備品だけど」

「……勝手に漁(あさ)ったでしょ」

「いいじゃん。結局こうして役に立つんだから」

　晃はいたずらっぽく笑い、まるで自分の家であるかのような遠慮のない態度で、澪たちを手招きしながら奥へと向かう。

「では、お邪魔します……」

　玄関に羽賀の姿はないが、一応挨拶(あいさつ)をして廊下を進むと、二〇一号室と同様にリビングに突き当たった。

　澪はそこで一旦(いったん)立ち止まり、周囲の気配に集中する。

　しかし、現時点では空気が重いのみで、明確な気配はなかった。

　気を取り直してリビングに入ると、中の造りは二〇一号室と左右対称となっており、左側にもう一室確認できる。

半分開いたままの戸の隙間から、ベッドと大きめのデスクが見えた。

中から話し声が聞こえて近付くと、羽賀が澪たちに向かって笑みを浮かべる。

「ああ、いらっしゃい。ちょうど今、彼とカメラをどこにセットするか相談してたんです」

「そ、そうでしたか……」

初対面とは思えないその軽い態度もまた、晃と通じるものがあった。

妙なやり辛さに澪が戸惑う中、沙良が突如羽賀の前まで足を進め、ゆっくりと口を開く。

「羽賀さん、撮影させていただけるという申し出は大変ありがたいのですが、長時間にわたって生活空間を記録するわけですし、後に多くの関係者が観ることになります。プライバシーの観点をふまえ、本当に不都合はないのでしょうか」

それは、澪には思いつきもしなかった重要な確認だった。

なにせ、第六が行う調査はほとんどが空き物件であり、人が普通に生活している中でカメラを回したことなどない。

高木もまた、我に返ったように瞳を揺らした。

「た、確かに問題ですね。では、お部屋の撮影をさせていただく間、ホテルをこちらでご用意させていただきます。もちろん場所はご希望に添いますし、必要なお荷物はこちらで運びます。それでも不便でしょうから、ささやかですが謝礼も……」

「いいえ！　大丈夫です、ここにいます」

高木の提案を遮ってまで羽賀が口にしたのは、思いもしなかった返答だった。

「はい……？」

高木は、わかりやすく顔を引きつらせる。

かたや、羽賀はさも楽しげな笑みを浮かべた。

「だって、こんな機会滅多にないし。むしろ、ここにいたいんです」

「…………」

絶句する面々を他所に、晃だけが「わかる」と小さく呟く。

羽賀が即座に反応し、同志とでも言わんばかりに晃の肩に腕を回した。

「さっきから思ってたけど、気が合うね！」

「だね。僕も霊感がなくて、でもどうしても視たい派だから」

「わかるよ！　霊なんて今も半信半疑だけど、視たら信じるしかないし、今回でいろいろ概念が変わるかもしれないと思うと、久々にワクワクするっていうか」

みるみる興奮していく羽賀の様子を見ながら、澪は晃の暴走に脱力する。

もちろん、いくら趣味が合うからといって、晃がそう簡単に羽賀に心を許すと思ってはいない。

おそらく、自分と似た部分がある羽賀が、なんに対して興奮するかをわかった上で、あえて煽っているのだろうと澪は予想していた。

なにせ澪には、晃がわざわざそんなことをする理由として思い当たることが、ひとつだけある。

それは、もし霊と羽賀との相性が悪いというさっき立てた仮説が当たっている場合、羽賀が滞在した方が確実に出現率が上がるということ。

どんどん当初の計画から乖離していくこの状況には正直ヒヤヒヤするが、調査を行う環境を整えるという意味では、乱暴ながらも正しい判断だと思えた。

微妙な沈黙が流れる中、澪はゆっくりと口を開く。

「あの、本当にいいんですか？　最低でも明日の朝まではカメラを回し続けたいんですけど……」

そう言うと、羽賀はパッと表情を明るくした。

「俺は全然！」

間髪を容れずに了承され、澪はおそるおそる高木の様子を窺う。

概ね予想通りではあるが、高木はやや投げやりな様子で、小さく頷いてみせた。

おそらく、もう好きにしてくれという心境なのだろう。

高木の立場を考えると少し不憫だが、羽賀があまりにも乗り気であり、もはや一旦考えなおせるような状況ではなかった。

「で、では、そうさせてください。明日、メディアを回収しに来ますので、結果次第で、以降のことをまた相談させていただけると……」

「オッケーです！　というか、わざわざ回収に来るのも大変でしょうし、俺がメディアのデータを吸い上げてそっちに送りましょうか？」

「それは駄目です……！　うちの調査資料ですし、内容を確認されると困ります」

「え、嘘でしょ。俺の部屋の映像なのに？」

「後ほど我々が内容を確認し、ご希望でしたら調査終了後にお見せします。その点をご了承いただけないなら、撮影のお願いはなかったことにしてください」

さすがにそこは譲れず、はっきりとそう伝える。

すると、羽賀は渋々といった様子ながらも頷いてみせた。

「わかりました。映ってたらちゃんと見せてくださいね」

「ええ、お譲りはできませんが、お見せするだけなら」

「はいはい……。じゃ、とりあえずカメラをセットしましょう」

羽賀はわかりやすくテンションを下げたが、撮影自体を止める気はないようで、ふたたび晃とカメラの設置場所の相談をはじめる。

澪は、どっと疲れを感じた。

「……なんとなく、嫌な予感がしますね」

そんなときに沙良がぽつりと呟き、澪はとうとう頭痛を覚える。

ただ、もう引き返すという選択肢はなかった。

晃はずいぶん張り切った様子で、リビングと寝室に一台ずつ、持参していたカメラをセットする。

晃の説明によれば、一台目は寝室のデスクに置いてベッドの方を撮影し、二台目は、羽賀の三脚を借りて廊下の高い位置に設置し、玄関方面からベランダも入るようリビング一帯を広角に撮影するとのこと。

いつもの調査に比べれば死角が多いが、そもそもカメラの余剰がない上、他人の生活空間であることを考えるとそれが限界だった。

そうして、セッティングを終えた澪たちはようやく二〇二号室を後にする。

車に戻るやいなや疲れが込み上げ、澪はシートに深く体を沈めた。

その様子を見た晃が、いたずらっぽく笑う。

「なんかごめんね、一人で突っ走っちゃって」

「本当だよ……。もう、展開が早すぎて……」

「ごめんって。ダラダラすんのはどうも性に合わなくて」

「ちょっと、晃くん……」

高木の手前慌てて制したものの、高木は意外にも頷いてみせた。

「いや、いいよ。手間が省けたのは事実だから。それに、自分でもちょっと慎重になりすぎてる自覚があったし、今日の晃ぐらい強引な判断してくれる人間がいないと、なかなか先に進めないんだ」

「高木さん……」

「いつもは次郎がそういう位置付けなんだけど、今日は晃がいてくれたから、むしろバランスが取れた気がするよ」

高木の心の中でどんな処理がなされたのかはわからないが、その表情はすでに平常通りで、澪は正直驚いていた。

計画が大幅に狂い、様々な葛藤（かっとう）を抱えていただろうに、まるで仏のような心の広さだと。

「そ、そうですか……」

どうすればこんな人間が出来上がるのだと思いつつも、高木がいいのならと澪は黙って頷く。しかし。

「……ですが、このままスムーズに進むでしょうか」

ふと、沙良が不安を口にした。

そういえばさっきも心配していたと、澪は二〇二号室での沙良の様子を思い返す。

一方で澪は、元々この調査をすると決めたときから軽い案件だと踏み、現れる霊に対してさほど強い警戒をしていなかったし、現地を確認してもその認識は変わっていない。

マメがまったく姿を現さなかった時点で、より確信を強めたくらいだ。

とはいえ、霊感が強く気配に敏感な沙良の意見を無視することはできなかった。

「もしかして、なんかよくない気配でも感じた？」

尋ねると、沙良は首を横に振って否定しつつも、さらに険しい表情を浮かべる。

「気配ではなく、私が気になったのは、羽賀さんの方です。いくら私たちの調査に興味が湧いたと言っても、部屋の録画まで簡単に受け入れるなんて、あまりに前向きすぎではないかと。私なら、到底考えられません」

想定していなかった内容だったけれど、もっともな疑問だと澪は思う。

長時間、しかも睡眠中まで撮影された上、それを他人に見られるなんて、沙良だけでなくほとんどの人間が断るだろうと。

「確かに、ちょっとびっくりする程の食いつきだったよね。ちなみに、晃くんは羽賀さんと感覚が似てるみたいだし、ちょっと気持ちがわかったりするの？」

尋ねると、晃は意外にも首を横に振った。

「いやー、全然。そもそも僕はセルフで撮ってた人間だから、他人が撮影しに来るっていう発想自体がないんだよね。まぁでも、他人を家に入れる時点で無理かも」

「そ、そうなの？……さっきは羽賀さんにずいぶん同調してなかった……？」

「それは、霊を視たいっていう気持ちとか、撮影するなら自分も部屋にいたいっていう部分に共感しただけだよ。にしても、了承してくれたらラッキーだなーくらいの感覚で撮影の打診をしたのに、本当にあっさりだったよね。宮川さんが言う通り、普通はこうはいかないと思う」

「そんなふうに言われると、なにか裏があるんじゃないかって気がしてくるんだけど…

…」

思いついたまま不安を口にすると、晃は肯定も否定もせず、ただ首を傾げた。

嫌な予感がじわじわと膨らむ中、しばらく黙って聞いていた高木がふと口を開く。

「確かに羽賀さんは不思議な人だったけど、ただ、裏があるっていうのもちょっと違和感がない……？　彼はこっちに素性が割れてるわけだし、おかしなことをするとはとても思えないっていうか……」

「それは、……そうですよね」

高木の話には、説得力があった。

実際になにかが起こったとしても、こっちへの被害として考えられるとすれば、晃の高価なカメラくらいのものだ。

しかし、澪が納得する一方で沙良の表情は依然として険しく、車内にはどこかスッキリしない空気が流れた。

ただ、それも、晃が面倒臭そうに言った「ともかく、明日になればわかるでしょ」という軽い台詞を境に、やがて普段通りに戻る。

澪もまた、すべて杞憂であることを願いつつ、心の奥の方で小さく燻る嫌な予感に気付かないふりをした。

生き霊の気配に聡いということはつまり、人の感情の機微に聡いということを意味する。

澪は翌日、生き霊の気配にもっとも聡い沙良の懸念を流してしまったことを、心から後悔した。

はじまりは、晃が早朝にかけてきた電話。

あまりのしつこさに目を覚まし、ぼんやりしたまま着信を受けると、晃は第一声「今送った配信サイトの動画を見て」と、ずいぶん慌てた様子で言った。

「配信サイト……？　なんで……？」

「いいから！」

澪はわけがわからないまま、ひとまずメッセージを確認し、通話を繋げたまま動画を開く。

すると、【事故物件にて、霊の撮影に成功！】というタイトルが表示され、見覚えのある部屋の風景が映し出された。

「え……、ここってまさか、羽賀さんの……？」

頭が一気に覚醒し、全身からサッと血の気が引く。

なにが起きたかを理解するまで、さほど時間はかからなかった。

「結構な勢いで拡散されてたから見てみたら、これだよ。配信者は間違いなく羽賀さんだね。朝方に勝手に映像を確認して、霊が映ってることに気付いて急いで編集したっぽい。僕らがメディアを回収しにいく前に全部終わらせようと思ったんじゃないかな」

「嘘でしょ……、あんなに駄目だって言ったのに……」

「余裕で無視されたね。さっき配信元の、——十中八九羽賀さんのプロフィールを見たんだけど、彼は数年前からこのサイトで配信をはじめていて、最近収益化したみたい。動画のアーカイブをざっと見た限りでは、メインはゲームの実況で、登録者はさほど多くないんだけど、この動画だけはすごい勢いで再生数が伸びてる」

「……それって、つまり」

「最初から、霊が映ればいい稼ぎになるってわかった上で、調査に乗り気だったんだろうね」

「…………」

澪が呆然とする中、動画にはベッドで眠る羽賀らしき姿と、そこにふらふらと近寄っていく白い影が映し出される。

その姿はかなりぼんやりとしているが、本物の霊であることは、見ればすぐにわかった。

「どうすれば……」

「先に高木くんに連絡したんだけど、羽賀さんに連絡しても出ないらしくて、これから直接家に行くって言ってる。僕も行くけど、澪ちゃんも拾っていい？」

「もちろん……！　沙良ちゃんは……」

「さすがにこんな時間に駆り出すのは無理でしょ。一応目黒さんには連絡しておくけど」

「わ、わかった」

「とにかく、急いで向かうから支度しといて。続きは車の中で話そ」

「うん……」

電話を切った後、澪は一旦動画を止め、言われた通り支度をはじめる。

ただ、すごい勢いで再生数が伸びていく様子を思い出すだけで強い動悸がし、上手く体が動かなかった。

心に込み上げてくるのは、昨日最後まで不安げだった沙良の言葉を、もっと真剣に捉えるべきだったという後悔。

しかし、支度を終える頃には、それらすべてがじわじわと怒りに変換された。

「勝手に配信するなんて、どんな神経で……」

苛立つままにひとり言を零すと、朝食にと手にしていたゼリー飲料が勢いよく溢れる。

同時に、マメがふわりと姿を現し、心配そうに澪を見上げた。

「……ごめん、大丈夫」

途端に我に返り、澪はマメの体を抱き上げ、その首元に顔を埋める。

それでもなお、心のモヤモヤは一向に晴れなかった。

高木たちがアパートの前に到着したのは、電話を切ってから約一時間後のこと。

車に乗るやいなや、晃が澪の方にパソコンのディスプレイを向けた。

「まずは、映像を確認してくれる？　アップされてたやつもそこそこ編集されてるけど、こっちでさらに短くしたから」

正直、二人の顔を見たら愚痴が止まらなくなりそうで心配だったけれど、晃の仕事の早さに驚き、すぐに冷静になった。

「わかった……」

パソコンを受け取り膝に載せると、晃が横から再生ボタンを押す。

間もなく、画面にはさっき見た通り、ベッドで眠る羽賀にじりじりと迫る白い影が映し出された。

その影はベッドの横で動きを止めたかと思うと、なにをするでもなく、羽賀をじっと見下ろしている。

混沌とした感情が画面越しに伝わるものの、姿は依然としてぼんやりしており、やはり気配の小ささが影響しているのだろうと澪は思った。

ただ、だとしても、一般の人たちを驚かせるには十分な映像だった。

そもそも、霊とは本来警戒心が強く、配信者がネタを求めて撮ろうと思ったところで、そう簡単にはいかない。

興味本位や興奮が伝わってしまえばまず現れず、これを仕事としている澪たちですら、撮影に成功するまで通常は何日もかかる。

そんな中、しっかりと映り込んでいる映像なんかがアップされてしまえば、あっという間に拡散されるのはある意味当然だった。

せめて、なにごともなくこのまま消えてくれたらと願いながら、澪は引き続き動画に集中する。――しかし。

『――ここに映ってるのは、多分、この部屋で自殺した人です』

突如、羽賀の声での解説が入り、コメント欄が一気に沸き上がった。

この短時間で解説まで入れたのかと澪は驚くが、元々配信者なら、そういう作業には慣れているのだろう。

コメントの中には、虚言だ加工だと疑うものも多くあったが、羽賀はそれすら予想していたかのように、分割した画面に賃貸契約時の重要事項説明書の一部を映し、「告知事項あり」という文言を拡大した。

それは、瑕疵物件、いわゆる事故物件の契約を交わす際、記載しなければならない文言のひとつ。

つまり、事故物件であるというひとつの証明とも言える。

羽賀はざっくりとその旨の説明を入れ、ふたたび画面を戻した。

随所に入る編集は素人目に見ても雑だが、それが逆に臨場感を増すのか、次第に肯定するようなコメントが増えはじめる。――そのとき。

『なにがあったのか知りませんけど、すべてから逃げたくて自殺しても、夜な夜なこうやってウロウロするだけなんて、まったく救いがないですよね』

羽賀はさも可笑しそうに笑いながら、霊を揶揄した。

言葉の意味を理解するより先に、澪の心に強い怒りが込み上げてくる。

しかし、羽賀の言葉は、それだけに止まらなかった。

『俺になにか訴えたいのかもしれないけど、見ての通り爆睡してるっていう。あ、……そうそう、調査会社が来たんですよ、昨日。しかも心霊の専門みたいなこと言ってて、超大手の不動産会社と一緒でした』

「これ、昨日の……」

ついには澪たちの来訪のことまで語りはじめ、澪の心臓が不安な鼓動を鳴らし始める。

晃を見ると静かに頷き、しかしさらに続きを聞くよう視線でディスプレイを指した。

『にしても、冗談みたいな話ですよね。でも、ガチですから。あ、これが昨日もらった名刺ね』

その言葉と同時にふたたび画面が分割され、表示されたのは、高木の名刺。

一応モザイクが入っているが、しかし社名の部分は明らかに加工が粗い。

『ちなみに、すでに察してる人もいるだろうけど、超大手の不動産会社っていうのは、前に宗教絡みの殺人事件かなんかで社長が捕まって、世間を騒がせた例の会社です。それに関わったとされる坊さんが捕まったニュースが、最近ありましたよね』

それは、もはや社名を公表しているも同然だった。

コメント欄には、吉原不動産の名前が次々と流れる。

『で、まぁ俺はそもそも霊なんて信じてなかったんですけど、その人たちがカメラに映るって言い出して、回してみればコレです。にしても、どうせならもっと早く知りたかったな。ゲーム実況やってるより、絶対にこっちの方が再生が伸びるのに。ってわけで、次は是非、この大間抜けな霊と接触する映像を撮りた――』

すべてを聴き終える前に、晃が突如音声を消した。

驚いて視線を向けると、晃は小さく首を横に振る。

「これ以降は霊を冒瀆するような内容が続くだけだし、別に聞く必要ないよ」

「そ、そう……」

表情こそ普段通りだが、声には、わずかに苛立ちが滲んでいた。

澪は頷き、音の消えた動画を引き続き確認する。

ただ、白い影には依然として動きがなく、コメント欄だけが勢いよく流れ続けていた。

おそらく、羽賀の語りに反応しているのだろう。これではまるで晒し者だと、澪の心に鈍い痛みが走る。

「……もう、いいよ。十分」

これ以上見ていられず、澪はそう言って動画の停止ボタンにカーソルを合わせた。――

――そのとき。

「あれ……？」

ほんのかすかに白い影が揺れ、澪はそのシルエットに小さな違和感を覚えた。

「どした？」

「ねえ……、少し戻していい？」

「うん。スロー再生しようか？」

「お願い。あと、この白い影をできるだけ拡大してほしい」

「了解」

晃は頷くと、すぐに澪の希望通り、拡大してスロー再生を始める。

澪はそれを改めて見つめ、やがて、さっき覚えた違和感の正体を察した。

「ねえ、……この影、女性に見えない？」

違和感とは、まさにその問いの通り。

白い影が揺れた瞬間、澪には、影の後部でふわりと揺れる長い髪と、スカートのシルエットが見えた気がした。

ただ、二〇二号室で自殺を図ったのは、女性ではない。

しかし、澪の言葉を聞いた晃もまた、何度もスロー再生を繰り返した後、最終的に頷いてみせた。

「確かに、そう言われると。……ただ、髪型や服装だけで判断するわけにも、……いや、待って」

晃はなにかを思いついたのか、澪の膝からパソコンを回収し、なにやら検索を始める。

そして、間もなく、とあるＳＮＳのプロフィール画面を澪に見せた。

「これ見て、橋下さんって、橋下隆一さん、三十五歳」

「え、橋下さんって、自殺した……？　まだアカウントが残ってるの？」

「このＳＮＳは、追悼アカウントに変更できるやつだから。多分、遺族の意向でそうしたんだろうね。さすがに遺書は非表示になってるけど」

ちなみに晃が開いたのは、数あるＳＮＳの中でも、本名をはじめ個人情報を比較的正確に登録するタイプのもの。

そうすることで古い友人や恩人と繋がれるという特性が好まれ、ちょうど十年前くらいは、アカウントを持っていない人間を探す方が難しいくらいに流行していた。

近年は様々なＳＮＳが競うようにサービスを開始したため利用者は落ち着いたようだが、当時亡くなった橋下はこのＳＮＳの利用者だったらしい。

そして、橋下のプロフィール画面に表示されていたのは、いかにも人が良さそうな、恰幅の良い男性の姿だった。

「……やっぱり、動画に映った影とはシルエットが全然違うね。髪も短いし」

晃の呟きに、澪は頷く。

念の為、もう一度動画を確認してみても、別人であることは明らかだった。

しかし、そうなると、今度はより複雑な疑問が浮かぶ。

「つまり、この部屋に出る霊は、橋下さんじゃないってこと……？」

「映像を見る限り、そうっぽいね」

「だったら、この女性はいったい……」

悩んだところで、橋下以外の可能性などまったく想定していなかったぶん、現時点で他に候補など思い当たらなかった。

晃もまた、やれやれといった様子で天井を仰ぐ。

「それこそイチから仕切り直して調査しないことには、知りようがないよね」

「でも、これ以上二〇二号室での調査を続けるのは……」

「確かに。なにせ、羽賀さんに問題がありすぎるし。とはいえ、急がないと、これ以上拡散したら吉原不動産にも影響が出かねないっていう……」

「――もう、出はじめてるよ」

ふいに言葉を挟んだのは、高木。

二人が視線を向けると、高木はルームミラー越しに澪と視線を合わせ、重い溜め息をついた。

「出発前にサイトの問い合わせフォームを確認してもらったんだけど、その時点ですでにいくつか届いてたみたい。今のところ、調査会社ってなんだとか、吉原不動産は霊の存在を肯定してるのか、みたいな、いかにも興味本位で送ってきたような些細な質問ばかりだけど」

「……まあ、そうなりますよね」

「でも、会社は結構深刻に捉えると思う。なにせ過去に物騒な事件を起こしてるし、こういった話題をできるだけ避けたいからこそ、第六の子会社化を承認したわけだし。……なのに、まさかあんなに派手にバラされるとは」

「とりあえず、削除依頼だけでも出してみますか……？」

「いや、出したくとも、それ相応の理由がないんだよ」

「どうしてですか？　データを盗まれた上に、霊のことも吉原不動産のことも悪く言ってますし……！」

「データを盗まれたって言っても、録画されてるのは羽賀さんの自宅だから通用しないと思う。あと、中傷に関しては、吉原不動産だって明言してるわけじゃないし、ましてや霊への中傷なんて取り合ってもらえないよ」

「そんな……。だったら、本人と直接交渉して、消してもらうしかないってことですか？」

「そうだね。……まあ、かなり気が重いけど。本人は完全に味をしめただろうし、応じるとはとても思えないから」

　高木の二度目の溜め息を聞きながら、澪は、気楽に始めたこの案件が、最初の想定よりはるかに面倒な事態となってしまった現状に愕然とする。

　ただ、心の中では、それをも凌駕する勢いで、羽賀に対する怒りがみるみる膨らんでいった。

もっとも許せないのは、霊を晒し者にし、揶揄したこと。

羽賀も澪たちと同じく自殺者の霊が出たと決めつけていたが、苦しんだ末に自死を選んだ人間に対して羽賀が口にした、「すべてから逃げたくて自殺しても、夜な夜なこうやってウロウロするだけなんて、まったく救いがないですよね」という発言は、とても許し難いものだった。

「……だとしても、これ以上霊をおもちゃになんてさせませんよ。どんな手を使っても、止めないと」

思っていた以上に低い声が出てしまい、澪は咄嗟に我に返る。

一方、晃はそんな澪の肩にぽんと触れた。

「僕も、澪ちゃんと同じ気持ちだよ」

「……うん」

正直、今の澪たちには、有効な策も交渉の材料もない。

それでも、晃のいつになく真剣な目に射貫かれた途端、迷いや戸惑いがすべて吹き飛んでいくような感覚を覚えた。

羽賀の家に着いたのは、朝の八時過ぎ。

いきなり訪ねるには常識はずれの時間だが、事情が事情だけに躊躇いはなかった。

おそらく朝方まで編集作業をしていたであろう羽賀は、寝ているのかなかなか出てこず、澪はそれでもしつこくインターフォンを押し続ける。

するとは、間もなくドアの向こう側からかすかな物音が響き、ようやく羽賀が顔を出した。

「早……。今、何時だと……」

「お話があります」

「…………」

羽賀の言葉を遮ってはっきりとそう言うと、半分しか開いていなかった羽賀の瞳が小さく揺れる。そして。

「まさか、……もうバレました？」

そう言って、まったく悪びれない笑みを浮かべた。

一気に怒りが込み上げるが、ひとまず冷静になって話を聞こうと、澪は一度ゆっくりと息を吐く。――そのとき。

「――あんたさ、霊を馬鹿にしすぎだよ」

澪の葛藤を他所に、晃が先に苦言を呈した。

普段の晃なら冷静に俯瞰するであろう場面なのにと、澪は驚く。

しかも、その声色はいつものような飄々としたものではなく、羽賀に向ける視線も、これまで一度も見たことがないくらいに、酷く冷めきっていた。

もちろん、晃が苛立っていることは、朝の電話やここまでの道中で察してはいた。

ただ、ここまで深いものだったなんて、澪には想像もつかなかった。

晃は半分しか開かれていなかったドアを乱暴に開けて羽賀の正面に立ち、空気が凍りつきそうな緊迫感の中、さらに言葉を続ける。

「ふざけた動画を上げてたけど、あれ、どういうつもり？」

「……か、勝手にデータを抜いたのは、謝るよ。……そ、それより、あのカメラ、めちゃくちゃ解像度いいけど、いくらで買っ……」

「質問に答えてもらっていい？」

あまりにも高圧的な晃の言い方に、羽賀もさすがに笑って誤魔化せるレベルではないと思ったのだろう、大きく目を泳がせる。

しかし、それも束の間、すぐに開き直ったかのように不満げな表情を浮かべた。

「た、確かに、機材はそっちの物だけどさ、俺のプライバシーを撮影した映像なんだから、俺にも使う権利あるでしょ……？」

羽賀が口にしたのは、動画の削除依頼が出せない要因ともなっている、第六サイドの弱み。

やはり、こういうときのための言い分も用意していたらしいと、澪はイライラしながら様子を窺う。

かたや、晃はとくに怯みもせず、さらに羽賀に迫った。

「いや、そういう話じゃない。データを勝手に使ったのは一旦おいておいて、こっちが今一番腹立ってんのは、あんたの編集だよ」

「へ、編集……？」

「動画に入ってた胸糞悪い解説のこと」

「……は？」

羽賀は、ポカンとしていた。

おそらく、そこを責められるなんて考えもしなかったのだろう、わずかな沈黙の後、わけがわからないといった様子で眉根を寄せる。

「解説……って、もしかして君、あの霊の生前の知り合いとか……？」

「違うけど」

「じゃ、じゃあ、なんで……」

「なんでって、やばいこと聞いてる自覚ある？」

「いや、だって、君に関係ない人のことなら、そこまで怒る必要は……」

「あのさ、……もしかして、死んだ人間が相手なら、尊厳を傷付けてもいいとか思ってるタイプの人？」

「…………」

「最低」

二人の応酬を聞きながら、澪は密かに、晃がこうも怒りを露わにした最大の理由を察していた。

おそらく、晃がそもそも霊に執着を持つキッカケとなった、大切な女性の存在が頭を過っているのだろうと。

霊でもいいから会いたいと、一瞬でも姿を視たいと何年も望み続けていた晃は、おそらく世間程、霊と人とを区別して考えていない。

澪には、晃が吐き捨てるように言った「最低」という言葉が、それらを物語っているように感じられた。

とはいえ、平然とあんな動画を上げ、そもそも霊という存在を信じたばかりの羽賀に、晃の切実な思いが伝わるとは到底思えなかった。

晃もまた、心からの反省など期待していないのだろう、それ以上責めることなく、むしろコロッと表情を戻して突如羽賀の肩に触れる。

「で、動画、消してもらっていい？」

口調は普段通りだったけれど、急激な態度の変化には得体の知れない凄みがあった。有無を言わせぬ雰囲気だけは感じ取ったのだろう、羽賀はその目にわかりやすい程の動揺を滲ませる。

「だ、だったら……、解説だけ、消すよ。……それじゃ、駄目？」

「駄目。配信したいなら自分で撮りなよ。もっとも、霊って本来はそう簡単に映らないけど。まだ霊に半信半疑だった昨晩までならともかく、今は欲深さが滲み出てるから、多分無理だね」

「……そういうもん、なの？」

「あと、一応言っておくけど、君が動画を流し続けたところで、視聴者の反応を、批判的な流れにもっていくよう操作するくらい簡単だよ。こっちは、そういうこと全般得意だから」

もはや脅しだが、今は背に腹は代えられない状況であり、澪はハラハラしながらも止めずに見守る。

なんとしても例の動画を削除してもらわなければ、拡散されるにつれ、次第に吉原不動産も第六も、いずれ好奇の目に晒（さら）されかねないからだ。

そうなると、第六がただ依頼を失敗したという、小さな話ではなくなってしまう。

ただでさえ二〇二号室に出る霊が橋下でないと判明し、依頼の件も混乱を極めているというのに、これ以上の悪い展開はどうしても避けたかった。――そのとき。

突如、リビングの方で響いたのは、ビシ、となにかが割れるような、不穏な音。

羽賀は即座に反応し、背後を振り返った。

「あれ、今……」

「変な音がしたね」

「……この部屋、俺しかいないんだけど」

「知ってる」

「…………」

音の正体はよくわからないが、そのとき澪が音以上に違和感を覚えていたのは、昨日までとは違って明らかに怯えている羽賀の様子。

「あの……、確認してきた方がいいのでは……」

不思議に思いつつ促すと、羽賀はわずかに目を泳がせ、澪を見つめた。

「……ですよね。ちょっと、一緒に見に行ってもらっても」

「は……？」

理解ができず、澪は晃と顔を見合わせる。

しかし羽賀は先に廊下を進み、リビングの手前で足を止めて澪を待った。

澪はやれやれと思いながら、仕方なく家に上がる。

歩きながら頭に浮かんでいたのは、本物の霊が動画に映り、存在を肯定せざるを得なくなってしまったことで、これまでになかった恐怖が羽賀の中に芽生えたのではないかという推測。

おまけに、霊を揶揄したことがどれだけ問題かを晃から強く指摘され、今さらながら、自分に危害が及ぶ危機感が過ったのではないかと、澪は分析していた。

ずいぶん勝手なものだと思いながら、澪は廊下で立ち止まる羽賀を追い越し、リビングに続くドアを開ける。――瞬間、ベランダに続くガラス戸に走る、三十センチ程の亀裂が目に留まった。

「ガラスにヒビが入ってますね」

見たままを報告すると、羽賀もおそるおそるリビングを確認し、亀裂を目にしてサッと青ざめる。

「なんで、こんな急に……」

「まだわかりませんが、霊障かもしれません。……霊を、怒らせてしまったのかも」

とくに脅かす意図はなかったけれど、その言葉を聞いた羽賀は、露骨に怯えながらもやや疑わしそうに眉根を寄せた。

「れ、霊が、物理的に物を壊したりできるんですか？　鳥がぶつかったとか、誰かが石を投げた可能性だって……」

「もちろん、それもありますが……」

「ほら……。そうやって、なんでも霊に繋げないでください……」

羽賀は、まるで自分に言い聞かせるかのようにそう言うと、勢いよくリビングに入り、ガラス戸へ向かう。

しかし、ほんの二メートル程手前で不自然に足を止めた。

「羽賀さん……？」

「…………」

明らかに様子がおかしく、澪は後を追って羽賀が見つめる先を確認し、すぐに理由を察する。

というのは、ガラス戸に走った亀裂から零れ落ちた欠片が、ベランダ側ではなく、部屋の内側に散らばっていたからだ。

それは、内側から衝撃が加わったことを意味する。

「鳥や石の可能性は消えたね」

晃がはっきりそう言うと、羽賀は眩暈を覚えたのか、よろよろと壁に手をついた。

「え、霊が怒ったってこと？　あんな投稿くらいで……？　っていうか、そんなの打たれ弱すぎでしょ……」

口では悪態をつきながらも、弱々しい声には動画の解説のような勢いはなく、必死に去勢を張る姿には痛々しさすらあった。

晃も同じことを思ったのか、もう怒りを露わにすることなく、むしろ反応すらせず、ただ黙ってガラス戸の亀裂を確認する。

そのとき、しばらく黙って様子を窺っていた高木が、ふと口を開いた。

「そういえば……、お伝えし忘れていましたが、配信されていた動画を確認したところ、映っていた霊は、ここで自殺された方とは違い、女性のようです。失礼ですが、他に恨みを買った覚えは？」

最後の問いには、普段の高木らしからぬ、徒に不安を煽るかのような響きがあった。

高木もそれなりに腹を立てているのだろうと澪は思う。

しかし、羽賀はまったく身に覚えがないとばかりに、首を捻った。

「女性から恨み？　俺が……？　まったく身に覚えがないんですけど」

含みのある「そうですか」に、羽賀は居心地悪そうに俯く。

しかし、わずかな沈黙の後、ふたたび勢いを取り戻し、ガラス戸の亀裂を指差した。

「っていうか、昨日まではこんなこと一度もなかったのに、急におかしくないですか？　さっきから俺が悪いみたいな言い方してるけど、そっちが撮影なんかするから怒ったっていう可能性はないんですか……？」

立場を逆転させる良い理由を摑んだと思ったのか、その口調はかなり攻撃的だった。

コロコロ変わる情緒に澪が戸惑う中、晃はすっかり呆れた様子で肩をすくめる。

「だとすると、撮影をやめたら落ち着くってことだよね。……じゃあ、僕らはカメラを回収して撤退するよ。……ただ」

「ただ……？」

「霊って恨みの大きさに比例して力が増すらしいし、動画での君の最低な物言いに腹を立てることで、ここまでの霊障を起こせるようになった可能性だってあるんだからね。まあ、どっちなのかは今夜あたりわかると思うけど」

「……それ、どういうこと？」

「なにも起こらなければ君が正解で、なにかが起こったときは、僕が正解ってこと。ただ、後者の場合は危ないと思うから、十分に用心してね。次はもう、ただ横に立ってるだけじゃ済まないと思うよ」

「……そうですか」

「じゃ、とにかく僕はカメラを……」

「ちょっと、待って」

晃の言葉で羽賀がどれだけ動揺したかは、その顔色を見れば明らかだった。

とはいえ、羽賀はあくまで下手に出ることなく、晃に切実な視線を向ける。

「……それだけでも、調べてくれないかな」

「なんで？」

「なんでって、そっちのせいだったときは、責任取ってもらわないと……」

「だから、さっき言ったじゃん。こっちのせいだったとしたら、君に被害はないんだって」

「……」

「理解？」

二人の会話は相変わらず友達同士のように軽いが、澪の心の中にはもう、昨日抱いたような、二人が似ているという感想はまったく浮かばなかった。

ノリの軽さだけは共通しているものの、霊に対する根本的な姿勢が、まるで違うからだ。

晃は言い負けて目を泳がせる羽賀を他所に、躊躇いなくカメラの撤去をはじめる。

そして、あっという間にすべてを終えると、澪たちに笑みを向けた。

「じゃ、帰ろ」

「う、うん……」

澪は頷きながらも、内心、ここで帰ってしまえば高木からの依頼が詰んでしまうという不安に駆られていた。

とはいえ、羽賀に協力を仰いでまで当初の計画を貫く気にはなれず、少し迷った結果、また一から練り直そうと、気持ちを切り替える。

しかし、そのとき。

「ちょっと、待って……。その、……調べてほしいんだけど。……動画なら、消すから」

羽賀はさっきまでの勢いをすっかり収め、今にも去ろうとする晃の背中にそう訴えかけた。

途端に、晃が羽賀に見えないようニヤリと笑みを浮かべる。

澪はその瞬間、すべては晃の計算通りだったらしいと察した。

高木も密かにハラハラしていたのだろう、澪とこっそり目を合わせ、ほっと息をつく。

一方、晃は即座に笑みを収めてくるりと振り返ると、ずかずかと寝室に入りデスクの上のパソコンに触れた。

「じゃあ、まずは動画のデータを消してもらっていい？」

その表情は、完全勝利と言わんばかりに揚々としていた。

羽賀はやや不本意そうにしながらも、言われた通りデスクに座り、パソコンを起動させる。

そして、配信サイトにログインするやいなや、晃がすかさず横から割って入り、手早く動画を非公開にしてリストから削除した。

さらに、パソコン内のローカルからクラウドまで検索をかけてデータをすべて削除し、動画編集ソフトの操作履歴までチェックをした挙句「復元させようなんて考えたら、こっちも本気出すから」とにこやかに口にし、ようやくデスクを離れる。

羽賀は、そのあまりの手際の良さに只者(ただもの)ではないと察したのだろう、「本気出す」という言葉にすっかり萎縮(いしゅく)していた。

「晃くん、お疲れ様」

背後から一部始終を見ていた澪は、ひと作業終えた晃を労(ねぎら)う。

しかし、晃はいつになくしおらしい表情で、わずかに視線を落とした。

「元はといえば、僕が強引にこの部屋の撮影を取り付けたわけだし、お疲れなんて言ってもらう権利ないよ」

どうやら責任を感じているらしいと、澪は慌てて首を横に振る。

「そんな……、チームでやってるんだから、自分だけの責任みたいな言い方しないで。それに、強引にって言うけど、間違ってると思ったら無理やりにでも止めてたと思うし……」

「いやー、無理だよ。昨日の僕は絶対に誰にも止められなかった」

「そんなことないし、納得してくれないと困るんだってば。じゃないと、私がこれまでの調査でしてきた数々の失態や暴走も、私が全部責任を取らないといけなくなるし……！」

「それを引き合いに出すのはずるい。まったく別の話じゃん」

「ううん、別じゃない」

「別だってば」

「別じゃないって言っ……」

「――ちょっと、一旦ストップ」

　高木に割って入られ、澪は途端に我に返った。

　その瞬間、ポカンとする羽賀が目に入り、慌てて咳払いで誤魔化す。

　すると、高木が仕切り直すかのように、羽賀の前にタブレットを掲げ、カレンダーを表示させた。

「と、とりあえず……、動画は消していただきましたし、ご要望通りこの部屋の調査の手配をしようと思います。時間帯は夜になりますが、今週か来週あたりでご都合の合う日をいくつか教えてください。一旦持ち帰って計画を立てますので」

　羽賀は一旦タブレットに視線を向けたものの、さほど考えもせずに顔を上げ、強い焦りを滲ませた目で高木を見上げた。

「いや、……なる早がいいんですけど。できれば、今夜とか……」

「こ、今夜……？」

「だって、さっきあの人が『気を付けて』って意味深なこと言ってましたし……。危険な可能性があるって知りながら、調査の日まで待つなんてちょっと……」

羽賀は、さっき晃に折れたことですっかり開き直ったのか、もはや体裁を繕いもせず、情けないことをブツブツと呟く。

動画への怒りがまだ収まりきっていない澪としては、恐怖の中で二、三日過ごさせたいくらいの気持ちだったけれど、ここでの調査が高木の依頼の結末にも関わると思うと、そうも言っていられなかった。

澪は高木から向けられた窺うような視線に、ゆっくり頷く。

「多分、今夜でも大丈夫だと思います。とはいえ上の許可が必要なので、今すぐ返事はできません。持ち帰って、相談してみます」

そう答えると、羽賀はどこか不安そうにしながらも、これ以上は粘っても無駄だと悟ったのか、結局は引き下がった。

「わかりました。なら、連絡待ってます。……できるだけ、早めに」

そんな弱々しい言葉を最後に、澪たちはようやく羽賀の家を後にする。

とりあえず、動画の配信を止めさせるという最大の目的を果たせたものの、まだ問題は山積みであり、帰りの車内には重い空気が流れていた。

「……にしても、あまり調査を長引かせると、いいことないよねぇ」

最大に悩ましいのは、晃のぼやきの通り。

今回の案件は、元々霊の噂が広く流れていた中、決定的な動画が拡散されてしまったという緊張感漂う状況にある。

下手すれば、動画から部屋の場所を特定される可能性も拭えず、そんなときに二〇二号室に怪しい人間が出入りしているなんて噂まで広まってしまえば、もう収拾がつかない。

そんな不安を煽るかのように、晃が例の動画サイトを確認しながら頭を抱えた。

「羽賀さんのプロフィールページを見てるんだけど、なんで動画を消したんだって早くも騒がれてるわ……。直リンクで拡散してた勢が、動画が消えたことに気付いて集まってきてるっぽい」

「早朝にたった数時間アップしてただけなのに、もう……？」

「ネットって、こういうところが怖いんだよね。こうなると、今度は動画を保存してた人たちが拡散を始めるんだよなぁ……」

「そんな……。どうすれば……」

「まあ、どんな内容であろうといずれは飽きられるし、放置するのが一番なんだけど……、羽賀さんがこの圧と欲に負けて、余計なこと考えなきゃいいなって」

「余計なこと？」

「たとえば、今後の調査で、自前のカメラを仕込むとか」

「まさか……！　最後はあんなに怖がってたのに……？」

「配信者って、再生数に囚われすぎるといろいろ麻痺しちゃうからね。調査が入って霊がいなくなる前に、一本撮っておこうかな、的なことを考える可能性も」

「そんな無茶苦茶な……！」

「こうもコメントが押し寄せると、次第に続編を上げたくなるものなんだよ。なまじ一度は注目を浴びちゃってるから、余計に」

「…………」

羽賀がそこまでするとは考えたくないが、データを盗んだ上に即編集してアップするという行動力を考えると、あり得ないとも言い切れなかった。

途端に不安になって黙り込むと、脅かしすぎたと思ったのか、晃が慌てて澪の肩に触れる。

「大丈夫大丈夫、カメラや盗聴器の類なら探知機で見つけられるし、僕が防止策を考えておくから。……ただ、あまり日数をかけてると、あっちもどんな知恵をつけてくるかわかんないし、できるだけ解決を急いだ方がいいってのは確かだけど」

「……そう、だよね」

その通りだと、澪は深く頷く。

当然ながら、事前調査なんて悠長なことをやっている場合ではないし、そもそも、カメラだけ置いていくような無警戒なことはもうできない。

しかし、そうなると、残された手段はひとつしかなかった。

「……なら、私が今夜あの部屋で待機して、霊と接触する」

自然と導き出された結論を口にすると、運転席の高木が慌てて首を横に振った。

「さすがに危険だよ……！　まだ霊の素性すらわかっていないのに。さっきは派手にガラスを割ってたし、もし乱暴な霊だったら……」

「お札がありますし、結界の中にいれば大丈夫です」

力強くそう言ったものの、今度は晃が首を横に振った。

「結界は、イギリスで突破されたじゃん……」

そう言われて頭を過ったのは、イギリスでの調査。

晃の言う通り、イギリスで対峙したミラに対して、結界の効果はあまり得られなかった。

ただ、特殊なのは明らかにミラの方であり、そもそも今回の霊がミラ程強力でないことは、重ねてきた経験から考えるまでもない。

「あの部屋の霊は、多分大丈夫」

「そんな適当な」

「適当じゃないってば……。私だって、いろんな霊と会ってきてるんだから」

「そこは別に否定しないけどさ」

「ほら。それに、私だって捨て身でどうにかしようとまで思ってないよ」

「……どうだろ。最近ちょっとおかしな肝の据わり方してるし、そのせいで想定外の展開になることも増えたし……」

「でも、今のところ、それで悪い方向に進んだことはないでしょ？」

「そう言うけど、いつも一歩間違えたらやばいくらいギリじゃん……」

晃は悩ましげだが、代替策がないだけに、それ以上強く止める様子はなかった。

結局、しばらくの沈黙の後に小さく頷く。

「……わかった。じゃあ、ひとまずその方向性で作戦を立てよう……」

「了解！」

「ただ、あの狭い部屋に大勢で待機していても出てこないだろうし、澪ちゃんは必須として、同行するのはせいぜいもう一人が限界だよね」

「じゃあ、俺が」

即座に返事をくれたのは、高木。

しかし、本業のある高木に夜中の調査まで付き合わせるわけにはいかず、澪は慌てて首を横に振った。

「さすがにそこまでお願いできませんよ……！」

「どうして？　気にする必要ないよ。今はこっちが最優先だって言ったでしょ」

「でも、高木さんは明日も普通に出勤しなきゃいけないじゃないですか……」

「別に、一日くらい寝不足でも平気だって。それに、晃は視えないし、宮川さんに関しては、一人暮らしの男の自宅が現場って時点で目黒さんが黙ってないでしょ。となると、どう考えても俺じゃない？」

「それは……」

そう言われてしまうと、返す言葉がなかった。

すると、高木はさらに言葉を続ける。

「あと、今回はもうカメラは回さない方がいいと思うんだ。晃が懸念してた通り羽賀さんはもう信用できないし、そんな中で万が一澪ちゃんも俺も意識を失うようなことがあったときは、無防備な状態になるしね」

「……カメラを回さないって、つまりモニタリングもなし？」

晃が咄嗟に言葉を挟むが、高木ははっきりと頷いてみせた。

「それくらい万全にしておきたいんだ。なにせ、これ以上なにか問題が起こったときには、上がなにを言い出すかわからないし。……だからこそ、澪ちゃんに付くべきなのは、霊からも人間からも守れる俺が最適でしょ」

「……即行気絶する癖に？」

晃のぼやきは一旦置いておいたとしても、確かに高木の言う通りだと澪は思う。

吉原不動産の評判を落としかねない動画が拡散されてしまった今、上層部がこれを深刻な問題として捉える可能性は十分にある。

そんな際どい状況の中、高木がトラブルとなり得る芽をすべて摘んでおきたいと考えるのは、至極当然だった。

「もしかして……、事と次第によっては、吉原不動産から第六への調査依頼が止まる可能性まで想定してます……？」

「想定だけは、してる。もちろんその場合は牧田さんが抗議するはずだし、所詮第六なしに訳アリ物件の稼働は望めないわけだから、一時的なものだとは思うけどね」

高木は心配させないためか、あくまで軽い口調でそう言うが、さすがの澪も、それを額面通り受け取れる程のん気にはなれなかった。

晃もまた、うんざりした様子で天井を仰ぐ。

「もしそうなったときは、第六はしばらく伊原さんからの変な依頼だけで食い繋がないといけなくなるってことか。……うわぁ、絶望しかない」

言い方はふざけているが、現に伊原からの依頼はあまりにも雑で、内容も正直胡散臭いものが多い。

しかし、もし吉原不動産からの依頼が止まってしまったときは、選んでいる場合ではなくなってしまう。

考えれば考える程に余計な問題ばかりが浮上し、澪は眩暈を覚えた。

ただし、すべてを丸く収めるための方法がもうわかっているぶん、もはや悩む余地もなく、心が決まるまでさほど時間がかからなかった。

「とにかく、今夜二〇二号室で待機して、女性の霊の謎を解けば、なにもかもすべて解決ってことですよね。……大丈夫です。さっさと終わらせましょう」

投げやりに聞こえたのか、晃が不安げに瞳を揺らす。

「……本当に大丈夫？」

「任せて。女性の霊の話は、ちゃんと聞くから」

「そこは全然心配してなくて、僕が懸念してるのはむしろ羽賀さんの方。あの人、今日こそどっかのホテルに追いやれないの？　同じ空間で過ごすのしんどくない？」

「……しんどくても、霊の狙いが羽賀さんだった場合は、やっぱりいてくれた方が都合がいいし」

「……それはそうなんだけど。にしても、なにしたんだろうね、あの人」

「本人を問い詰めるより、霊に聞いた方がずっと早いよ」

「……頼もしいんだけど、普通じゃないこと言ってる自覚はちゃんと持ってね」

晃は呆れているが、霊に聞いた方が早いという言葉は本心からだった。

羽賀自身も恨みを買った覚えはないと話していたし、とくに動揺しているようにも見えなかったからだ。

とはいえ、ベッドの横に立って羽賀を見下ろしていたり、羽賀の物言いに反応していきなりガラスを割るという行動からして、霊が羽賀に良くない念を抱えていることは容易に想像できる。

なにより、羽賀が平然と口にしていた不謹慎な発言の数々を思えば、無自覚のまま誰かを傷付けた可能性も否めないと思っていた。

もし、それが原因で女性を死に追いやったとするなら到底許し難いと、澪はたちまち強い怒りを覚える。

しかし、まだすべては想像の域を出ず、感情を無理やり抑え込むと、鋭く察知した晃が怪訝な表情を浮かべた。

「澪ちゃん、どした？　なんか、額に尋常じゃない青筋が立ってるけど」

「……ごめん、大丈夫。ついつい羽賀さんのことを考えちゃって」

「……頼むから、喧嘩だけはしないでね」

「どの口が言うの」

呆れる澪を、晃が楽しげに笑う。

ふと、晃の屈託のない笑みを見たのは久しぶりな気がして、澪の胸がぎゅっと締め付けられた。

実際はそんなはずないのにそう思ってしまったのは、おそらく晃が常日頃から、それこそどんなに大変な調査であっても、いつも楽しげにしているからだろうと澪は思う。

つまり、今回の件は滅多にない特異なケースなのだと。

そう理解すると同時に、辛く苦しい調査は数多くあれど、今後はせめて晃だけは平然としていられる案件ばかりであってほしいものだと、願わずにはいられなかった。

早速問題が起こったのは、出発を控えたその日の夕方。

そもそもの始まりは、高木から「急に面倒な会議が入ったから出発が遅れそう」という連絡が届いたこと。

あまり焦らせないようにと考えた澪は、二十時に約束していた迎えを遠慮することにし、「先に行くのでゆっくり来てください」と返事をして、一人第六を出発した。

そんな中、晃から届いたのが、「高木くんの会議の詳細を調べたんだけど、参加者が上層部ばっかりだから、配信のことを詰められてる気がする。相当長引くかも」という不穏な連絡。

晃はさらに「いつになるかわかんないから、今日は中止にしない？」と提案をくれたが、澪としては、吉原不動産内で問題になっているならばなおのこと、早く解決すべきという気持ちの方がずっと勝っていた。

ちなみに、次郎は終日不在だったが、メールでの報告に対して届いた返信は、「吉原不動産はどうなっても構わないから、無理はしないように」というもの。

ずいぶんな言い様だが、そのお陰で、澪の気持ちは少し軽くなった。

やがて、羽賀の家に到着した澪は、「一人じゃ心配だから通話だけ繋いでおいて」という晃に内心大袈裟だと思いつつも、イヤホンを着けてインターフォンを押す。

間もなく顔を出した羽賀には、もう朝のような怯えた様子はなく、まるで友人であるかのように澪を招き入れた。

どこかキャラの掴みづらい軽薄さに警戒しながら、澪は羽賀の後に続いてリビングへ向かう。

すると、羽賀は澪をソファに座るよう促し、自分も正面に座って目を輝かせた。

「それで、今回はどんな調査を？　というか、一人ですか？　撮影はナシ？」

いきなり矢継ぎ早に質問を投げかけられ、澪は思わず硬直する。しかし。

『……なんか、インタビュー臭い』

晃の不審がる声が届くやいなや澪は咄嗟に我に返り、即座にバッグからカメラの探知機を出した。

「……調査内容は、企業秘密です。ですから、万が一のために、カメラの有無を確認させていただいてもいいですか？」

そう言うと、羽賀はわかりやすく目を泳がせる。

その反応はもはや、カメラがあることを白状しているも同然だった。

「あるんですね。だったら、今すぐ止めてください。誤魔化しても、探知機を持っているので見つけられますし、了承していただけないなら調査は中止です」

正直、中止するのは澪たちにとっても都合が悪いが、羽賀に対して下手に出るわけにはいかず、澪ははっきりとそう伝える。

羽賀は澪の手の探知機を見て顔を引き攣らせた後、渋々といった様子で、部屋の隅に置かれた観葉植物の鉢から小型のカメラを回収した。

「すみません、ここに一台だけ……」

「……念のため、部屋を確認しても？」

「ど、どうぞ」

澪は探知機を手に、リビングと寝室を隈なく確認する。

しかし、幸いにも他のカメラは見つからず、澪はようやく肩の力を抜き、それから羽賀をまっすぐに見つめた。

「……羽賀さんは、ご自身が危険だというご自覚、あります？」

思った以上に冷たい口調になってしまったけれど、とくに後悔はなかった。

むしろ、本当にカメラをセットされていたことへの落胆と怒りを抑える方が、ずっと深刻だった。

羽賀は演技じみた仕草で、がっくりと肩を落とす。

「すみません……」

「本当に、困ります」

「ちょっとした出来心というか……。実は俺、配信で生活することを目標にしているんですけど、全然思うようにいかなくて。調子がよかった時期もあるんですけど、ゲーム配信じゃもう頭打ちっていうか、他のネタを模索していたので、つい……」

「……そうですか」

言い訳する羽賀の声は、いつもの澪なら同情してしまうくらい弱々しかったけれど、今ばかりは、そんな気持ちなどいっさい湧かなかった。

そもそも、配信の世界をよく知らない澪ですら、そう甘い世界ではないことは想像に容易い。

なにより、事情云々以前に、自分はもはやこの男そのものを根本的に受け付けられないのだろうと、澪は密かに分析していた。

「……ともかく、調査はこちらで進めますので、私はいないものと思ってできるだけ普段通りにお過ごしください。後ほど、高木も到着します」

自分の気持ちを自覚してしまったせいか、口調はさらに冷たさを増した。

かたや羽賀の方には、澪の心の機微を察する気配はない。

「あ、一人じゃないんですね」

「そうですが、なにか」

「い、いや、意味はとくに……」

困惑する羽賀を見ながら、さすがに突っかかりすぎたかもしれないと、澪はわずかに申し訳なさを覚える。

しかし、その後すぐに晃から届いた『万が一襲われそうになったら、大声で叫んでね』という忠告により、今さらながら重要な事実に気付いた。

澪の頭の中には霊のことしかなかったけれど、ひとたび冷静に考えてみれば、ここは男一人暮らしの部屋であり、しかも今は二人っきりという状況。

途端に、晃が通話を繋いだままにした別の理由を察した。

正直、自ら来ておいて警戒するのは失礼だろうかとも思うが、かといって、百パーセント杞憂だと言い切る根拠もない。

今さらながら落ち着かなくなり、澪はせめて羽賀の視界に入らないようにと、部屋の隅へと移動した。

羽賀はといえば、しばらく所在なさそうにしていたが、やがて寝室のデスクでなにやら作業をはじめる。

気付けば、時刻は二十二時半を回っていた。

できれば早めに床に入ってほしいところだが、普段通りに過ごしてくれと言った手前催促するわけにもいかず、澪は、今回の調査のやり辛さを改めて痛感する。

おまけに、依然として高木からの連絡はない。

心細いが、今もまだ会議で詰められているのだろうかと思うと、甘えたことなど言っていられなかった。

そんな中、唯一心を落ち着かせてくれるのは、イヤホンから時折聞こえる、晃がキーボードを打ち込む心地いい音。

澪が喋り辛い状況であることを考慮してか、晃から話しかけてくることはないが、聞き慣れた音があるだけで不思議と安心できた。

とはいえ、その効果にも限界があり、二十三時を回ったあたりから、携帯を確認する頻度が明らかに増えていく。

不安の種類がいつもと違うせいか、精神の消耗が著しく、溜め息の回数も次第に増えていった。

そんなときについつい頭を過るのは、万が一依頼が失敗に終わったとき、次郎はどう思うだろうという不安。

今回は依頼を選ぶところから任せてもらい、並々ならぬ気概を持って挑んだぶん、ガッカリさせてしまうのだけはどうしても避けたいと思っていた。

だからこそ、なんとしてもやり切らねばならないと、澪は自分を無理やり奮い立たせ、ゆっくりと深呼吸をする。――そのとき。

ふいに、玄関のインターフォンが鳴った。

おそらく高木がやってきたのだろうと、限界まで張り詰めていた澪の気持ちがふっと緩む。

「高木が到着したようですので、私が出ますね」

澪はそう言いながら勢いよく玄関に向かい、ドアを開けた――瞬間。

次郎の涼しげな目が、澪を捉えた。

「え……？　なんで、次郎さんが……？」

混乱する澪に次郎は小さく頷き、「失礼します」と呟いて遠慮なく玄関を上がり、廊下を進んでいく。

澪はその場に呆然と立ち尽くしたまま、もしかして次郎も上から苦言を呈され、忙しい中来ざるを得ない状況に追い込まれたのではないかと、もっとも最悪な想像を頭に巡らせていた。

みるみる血の気が引き、澪はどう弁解すべきかと悩みながらリビングへ戻る。

すると、次郎はすでに羽賀への挨拶を終えたのか、名刺入れを仕舞いながら部屋をぐるりと見回し、さっきまで澪がいた壁際に腰を下ろした。

「あ、あの……、すみませんでした。私……、ほんとうに不甲斐なくて……」

澪は次郎の横に座りながら、込み上げるままに謝る。――しかし。

「……なんだ、いきなり」

次郎は怪訝な表情を浮かべ、小さく首を捻った。

想像と違う反応に、澪は混乱する。

「え……？　私にこの依頼は任せられないと思って、駆けつけてくれたんですよね……？」

おそるおそる尋ねると、次郎は少し考えた後、首を横に振った。

「なに言ってる。俺はただの高木の代理だ」

「代理……とは」

「あいつから身動きが取れないと連絡が来て、俺が代わった」

「代わ……って、じゃあ、次郎さんは……」

「ただのお前の助手だ。だから、指示をくれ」

「………」

理解が追いつくまで、しばらく時間が必要だった。

ポカンとする澪を見ながら、次郎はさらに言葉を続ける。

むしろ追いついてもなお、うまく処理できなかった。

「どうせいろいろ気に病んでるんだろうが、会社の方は高木が上手くやってるからなんの問題も変更もない。お前は計画通りやればいい」

さすがに、なんの問題もないは言い過ぎだろうと心の中で突っ込みながらも、計画通りやれという次郎の言葉に、驚く程救われている自分がいた。

途端に気持ちが落ち着き、澪はゆっくりと頷く。

「わかりました。では、……改めて、今日はよろしくお願いします」

「ああ。早速だが、もう一度この件の資料を見たい」

「は、はい……！」

澪がバッグから資料を取り出して渡すと、次郎は早速目を通しはじめた。

もちろん、霊の正体が女性だった件も含めて諸々の報告はしているが、自分も参加するとなり改めて確認したいのだろう。

　そのとき、ふとイヤホンから晃の声が届いた。

『どうやら、過保護な保護者が到着したみたいだし、僕はもう退散するね』

「晃くん……、遅くまで本当にありがとう」

『いえいえ。緊急事態だったし、こっちは作業しながらだったから全然。じゃあ、部長さんによろしくね』

「うん！」

　澪はイヤホンを外しながら、晃も十分すぎるくらい過保護だとしみじみ思う。

　もちろんそれに甘えることへの心苦しさはあるが、こういった支えなくしては、この特殊な調査で気持ちを保てなかっただろうと。

　なんだか無性に気合いが入り、澪は次郎が広げた資料を横から覗き込み、過去の自殺者の情報を指差した。

「次郎さんは、どう思いますか？　この部屋に出る霊の正体が、ここに載ってる橋下さんじゃないことについて」

　口にしたのは、今回の最大の疑問。

　しかし、次郎はとくに悩むことなく、小さく肩をすくめた。

「どうもこうもない。霊が自殺者じゃないなら事故物件と繋げて考える必要はないし、シンプルに、別の恨みを持った霊がいると考えるのが妥当だろ」

「い、いや、そうなんですけども……」

澪は頷きながら、寝室の方にチラリと視線を向ける。

ここから羽賀の姿は見えないが、もし今の会話が聞こえていたなら気が気じゃないだろうと。

「ただ、本人はまったく身に覚えがないと……」

澪は極端に音量を絞り、会話を続ける。

かたや次郎は気にする素振りひとつ見せず、あくまで普段通りに言葉を続けた。

「いちいち覚えてないくらい無神経だからこそ、恨まれるんだろ」

「ちょっ、次郎さん声……」

さすがに気になって咄嗟に寝室を覗くと、羽賀は動画の編集をしているのかヘッドホンを着けており、澪はほっと胸を撫で下ろす。

「ち、ちなみに次郎さんは、この部屋に橋下さんの気配を感じますか……？」

気を取り直して質問を続けると、次郎は部屋をぐるりと見回し、わずかに眉を顰めた。

「自殺現場は、たとえ本人が浮かばれても余韻が残りやすいぶん判断が難しい。……が、少し妙ではあるな」

「妙……？」

「ただの余韻というより、……若干、角の残った念を感じる」

「角、ですか」

「通常は、年月が経つごとに感情の角が取れていくものだが、……消えかけて残った角と考えるには、不自然に刺々しいというか」

澪も気配にはかなり敏感な方だけれど、次郎が語るような感情の細かい部分までは、よくわからない。

いつもは事前調査で得た情報や撮れた映像で多くを判断するため、そういった能力の違いを意識する機会はあまりないが、感覚だけが頼りの今日のような場合においては、次郎の鋭さは特殊だと、澪は顕著に実感した。

「それって、ここに住みはじめた羽賀さんが、霊の感情を煽ったってことでしょうか。でも、実際にここに現れるのは女性の方ですし……。実は男女の霊に関連があったり……ってことは、さすがにないですよね……」

「その辺は、直接聞くのが一番早いだろ。……お前が判断した通りに」

「私の判断……」

それは、次郎は本当に自分にすべてを任せてくれているのだと、強く実感した瞬間だった。

わかっていたつもりだったけれど、現場で直接言われるとなんだか胸に込み上げるものがあり、澪は次郎の言葉を噛み締めるように何度も頷く。

「では、そうします。……なにせ、女性の方にも語りたそうな雰囲気がありましたし」

「ああ。任せる」

「…………」

「澪？」

「……今の、もう一回だけ言ってもらっても」

「は？」

「……いえ。すみません」

欲張りすぎたことを反省しながらも、そのとき澪の頭を巡っていたのは、第六物件管理部に配属された頃の懐かしい記憶。

当時は次郎に散々振り回されてばかりだったけれど、まさにその次郎からこの局面で言われた「任せる」は、やはり特別だった。

途端に気合いが入り、澪は無意味に腕まくりする。

そのとき、羽賀が寝室から顔を出した。

「あの……、そろそろ寝ようと思うんですけど、照明を消しても……？」

穏やかな高木の代わりに目つきの鋭い次郎が現れたせいか、羽賀はやけに控え目に伺いを立てる。

かたや次郎は、あくまでお邪魔している側であることを思わせない無遠慮な態度で、羽賀に頷(うなず)き返した。

「ええ、構いません。ただ、戸は開けておいてください」

「わ、わかりました……」

羽賀はそう言うと、ベッドに入って照明を落とす。

ただ、カーテンの隙間から隣のマンションの外灯の明かりが差し込んでくるせいで、さほど暗くはならなかった。

ともかく、羽賀が床についてくれたお陰でようやく本格的に調査を始められそうだと、澪はほっと息をつく。

そんな中、寝室からは、ものの五分も経たないうちに寝息が聞こえはじめた。

「もう寝ちゃったんでしょうか……。自分の部屋に他人がいても即寝できるなんて、逆に羨ましいくらいの図太さですね……」

「何度も言うが、図太くなければこうはなってない」

「……それは、そうですけど」

澪はやれやれと思いながら、ひとまず羽賀の姿が確認できるよう、寝室の向かい側の壁面に移動する。

これでようやく霊を待機する環境が整ったわけだが、ふと時計を目にした瞬間、すでに零時を回っていることを知り、焦りを覚えた。

なにせ、朝までに霊が現れてくれなければ、この極めてやり辛い調査を、後日仕切り直さねばならなくなってしまう。

そういうモチベーションで調査に臨んだことはかつてないが、現に澪の中では、霊と対峙する緊張感よりも、早く終わらせたいという思いの方が圧倒的に勝っていた。

そして、――そんな切実な思いを抱える中、ようやく空気が変化したのは、さらに一時間が経過した頃のこと。

変化といっても、肌に触れる空気がわずかに冷たくなった程度の些細なものだったが、ここに現れる霊の気配の弱さを考えれば妥当だった。

「……次郎さん」

「ああ」

ただ頷く次郎を見て、どうやら同じことを考えているらしいと澪は思う。

次郎は元々言葉数が多い方ではないが、こういうときに多くのやり取りを必要としないこの共感性の高さこそ、澪がもっとも調査をやりやすいと感じる要因のひとつと言えた。

澪は立ち上がると、ひとまず目撃談のあったベランダの方へ向かい、外を確認する。

しかし、それらしき姿も気配もなく、ふたたび部屋に視線を戻した。

ゆっくり目を閉じて集中すると、どこからともなく控え目な気配が伝わってくるが、依然として場所は特定できない。

ただ、そんな曖昧さの中にも、小さく燻る悲しみや怒りの感情を、確かに感じ取ることができた。

「マメ……」

助けを借りようと名を呼ぶと、マメが足元にふわりと姿を現す。

ただ、ある意味予想通りと言うべきか、マメもまた、気配を訝しむような素振りはまったく見せなかった。

朝にガラス戸が割れたときですら現れなかったのだから、すでに危険性はないという判断をしているのだろう。

それでも、今は鼻が利くマメに頼る外なかった。

「マメ、お願い。気配が一番濃い場所を探してほしいの」

そう言うと、マメは耳を一度ぴくりと動かした後、すぐに床で鼻をクンクンと動かしはじめる。

そして、普段よりもずいぶん長い時間を要したものの、やがて寝室にあるデスクの前にちょこんと座った。

「え、デスク……？」

もちろんマメを疑うつもりはないが、予想だにしなかった場所を示され、澪は戸惑う。

しかし、こっそり寝室に入りデスクの前に立った途端、澪はふと、予感めいたものを覚えた。

「まさか、パソコン……」

目に入ったのは、閉じられたノートパソコン。

羽賀が配信に使用しているものだ。

考えてみれば、例の不謹慎な動画を取り込んだのも編集したのもこのパソコンであり、霊がここに潜んでいる可能性も十分に考えられる。

とはいえ、霊の姿が動画で公開されたのはつい今朝方のことであり、ずっと前から目撃談があることを考えると、少し違和感があった。

そのとき、次郎が背後から突如腕を伸ばし、躊躇いなくパソコンを開く。

「ちょっ……次郎さん……」

さすがに勝手に触るわけにはいかないと、澪は慌てて次郎を制した——瞬間。

酷く曖昧だったはずの気配が、一気に膨れ上がった。

「……間違いなく、コレだな」

「………」

改めて画面に目を向けると、画面にはパスワードを打ち込む画面が表示されているが、時折不自然なノイズが走っている。

些細な反応ではあるが、確信を持つには十分だった。

「この中に、霊が……？」

「おそらく。霊が電気製品と相性がいいというのは今さらだが、わざわざパソコンを選ぶあたり、なにか理由がありそうだな」

「だけど、さすがに中までは見れませんから、今は知りようが……」

「必要ない。配信されていた映像のように、待っていれば自分で出てくるだろ」

「あ……、そっか……」

「少しずつ気配が濃くなってる。……多分、もう少しだ」

澪はその言葉に頷くと、ふたたび壁際まで下がってパソコンのディスプレイに集中し、その瞬間を待つ。

薄暗い中でぼんやりと明かりを放つディスプレイは、その後も不自然にスリープと復帰を繰り返しながら、次郎が言う通り異様な気配を少しずつ濃くしていった。

部屋を包む空気も、それに比例して徐々に冷たさを増していく。

やがて、ビリッとひときわ大きなノイズがディスプレイを揺らした、そのとき。――突如、奇妙な白い影がぼんやりと浮かび上がり、それは表面を大きく膨張させながら、やがてずるりと流れ出るように姿を現した。

「っ……」

突然のことに、澪は思わず息を呑む。

ただ、その白い影の姿には、はっきりと見覚えがあった。

「あれは……、間違いなく、映像に映ってた霊です。やっぱり、女性ですね……」

言い切った根拠は説明するまでもなく、直に目にしたその姿は、長い髪や華奢な体やスカートのシルエットがはっきりと確認でき、明らかに女性だった。

ならば早速接触を試みようと、澪はゆっくりと立ち上がる。――しかし。

ふいに次郎から手首を引かれ、澪はふたたびその場に膝をついた。

「待て」

「ちょっ……、どうして止めるんですか……！」

「違う。対話するにしても、あれほど気配が弱い相手だとすぐに限界がくるだろ。……なら、視覚から得られる情報を確認してからの方が無駄がない」

次郎が口にしたのは、ぐぅの音も出ない正論だった。

気配の強い霊ですら対話はそう簡単でないというのに、こうも弱いとなると、接触した瞬間に消えてしまう可能性もないとは言えないからだ。

「そう、ですよね……」

途端に勢いを失った澪を見て、次郎は小さく溜め息をつく。

「……あまり焦るな」

「すみません……。ようやく現れてくれたので、つい衝動が抑えられず……」

「お前は少し耐性がつきすぎてる。一応言っておくが、イギリスの調査で出会したミラを基準に考えるなよ」

「…………」

無意識ながらも、まさにミラを基準にしてしまっていた澪には返す言葉がなく、渋々腰を下ろした。

すると、次郎がすっかり呆れたように小さく息をつく。

「……今さらだが、お前、怖くないのか。仮にも霊を目の前にして」

「え……？　怖い……？」

「……ポカンと聞き返すな。こっちが不安になる」

「い、いや、怖いにピンとこないわけじゃなく、……それより、可哀想だなって」

「霊への感情移入のしすぎは考えものだぞ」

「わかってるんですが、……つい」

「もっとも、……今回は、わからなくもないが」

次郎はそう言うと、ふらふらと弱々しく動く白い影、――女の霊の方へと視線を向けた。

女の霊は映像で見た通りゆっくりと寝室を移動し、やがてベッドの横に立って羽賀を見下ろす。

その視線はじっとりと重く、もう少し気配の強い霊ならばなんらかの悪影響がありそうだが、当の羽賀はまったく気付きもせずに、ぐっすりと眠っていた。

女の霊がなにを訴えたいのかはわからないけれど、その光景はなんだか物悲しく、澪は胸に鈍い痛みを覚える。

すると、次郎がふたたび口を開いた。

「実際は、必死に訴えたところで、こんなふうに気付かれない場合の方がずっと多い。……むしろ、人に影響を与えられる霊の方が稀だからな」

「そう、ですよね……。なんだか、見てるだけで辛いです……」

「だとしても、俺らはこういう仕事をしている以上、生きている側を守る立場でいなければならない」

「それは、わかってますけど……」

どうやら釘を刺されてしまったようだと、澪は思う。

ただ、今回に関しては、完全に霊の方に肩入れしてしまっている自覚があるだけに、言い訳すら浮かばなかった。

やりきれない思いを持て余し、澪は深く俯く。——そのとき。

「まあ、——それはあくまで、原則の話だ」

次郎はそう言うと、途端に硬かった表情を緩め、壁にもたれかかった。

「……え？」

驚いて顔を上げた澪に、次郎は意味深な笑みを浮かべる。

「そもそも、今日の俺はただの助手であって、お前の管理者じゃない」

「えっと、……それは、つまり」

「今日は、お前がやりたいようにやれ。俺はなにも見なかったことにする」

「…………」

なかなか理解が追いつかない中、次郎らしからぬ発言だというシンプルな戸惑いが頭を巡っていた。

その半面、ここ最近の次郎の言動を改めて思い返せば、そうとも言い切れない心当たりもあった。

たとえばイギリスの調査のときには、明言こそしなかったものの、澪と同様にオリヴィアの潔白を信じたいという気持ちが伝わってきた。

すべてが終わった後の「寝覚めは、悪くないな」という発言を、澪は、今も印象的に覚えている。

「いいん、ですか……？　私、自分で言うのもなんですが、だいぶ霊の方に偏ってますけど……」

一応念を押したものの、次郎は迷いもせずに頷く。

「止めてほしいなら、止めるが」

「い、いいえ！　だったら、……好きにやります」

そう言うと、次郎は戸惑っているマメを膝に乗せながら、かすかに笑った。

途端にすべての迷いが吹き飛び、澪はゆっくりと立ち上がると、依然として羽賀を見下ろす女の霊にそっと近寄る。

もう少し動きを観察すべきかという葛藤もあったけれど、その気配はすでにさっきより薄く、澪は、もうあまり猶予がないことを察した。――そして。

「彼は、……あなたに、なにをしたんですか」

ひとまず様子見のつもりで控えめに問いかけた、瞬間。――女の霊は、ぐるんと勢いよく背後を振り返った。

予想だにしなかった反応の良さに、澪は思わず息を吞む。

澪を射貫いた目は酷く虚ろで、見ているうちに悲しみと諦めが伝わってきて、胸がぎゅっと締め付けられた。

「……話を聞くくらいなら、できます」

込み上げるままにそう言うと、女の霊はしばらく澪を観察するように見つめ、やがてゆっくりと体の向きを変える。

ただ、女の霊が動きを止めたのはパソコンの方向であり、このまま戻ってしまう気ではないかと、澪は焦りを覚えた。――しかし。

突如、パソコンのディスプレイに、ひときわ大きなノイズが走る。

なにごとかと視線を向けると、ディスプレイはしばらく乱れた後で急に静まり返り、かと思えば勝手にブラウザが起動し、ウィンドウが開いた。

開かれたページを見た澪は、思わず息を吞む。

なぜなら、それは、羽賀が配信をしていた動画サイトだったからだ。

その瞬間、羽賀を恨むに至ったなんらかの真実がここにあるのだと察した澪は、ゆっくりとパソコンの前まで移動する。

すると、それを待っていたかのように、突如一本の動画が再生された。

それは、人気の商品を試しながら紹介するといった類の、配信コンテンツとしてよく

「っ……」

見かけるもの。

配信者の姿は首から下のみしか公開されていないが、名前の欄には〝さくら〟とあり、再生数の多さやしきりに流れる好意的なコメントから、かなり人気の配信者であることが窺えた。

澪は女の霊の意図を探るため、しばらく動画に集中する。——そのとき、突如流れてきた不穏なコメントに、心臓がドクンと揺れた。

〝ご冥福をお祈りします〟

ひときわ大きく表示されたそれは、テンションの高いコメントばかりが溢れる中で、明らかに異彩を放っていた。

しかし、その後も、死者を悼むようなコメントがチラホラと増えはじめる。——そして。

「——名前で検索したら、……この配信者は自殺してる」

突如、背後から次郎の手が伸び、澪の前に携帯の画面を掲げた。

そこに表示されていたのは『人気の配信者が自殺　原因は誹謗中傷か』という見出しのネットニュース。

それと同時に、女の霊の正体は、まさにこのさくらという配信者なのだと、澪は確信した。

「さくら、さん……ですね」

試しに名を呼ぶと、虚ろな目がかすかに揺れる。

それを肯定と理解した澪は、ふたたび動画に視線を向けた。

すると、その後間もなく流れてきたのは『死ね』という、見過ごし難いひと言。

しかしそれに目を止める間もなく、今度は『ステマ』『自作自演』『ブス』と、次々と心無い言葉が流れはじめる。

それは数を増やす一方で、画面はあっという間にコメントで埋め尽くされた。

これでは心を病んで当然だと、澪は胸を痛める、――そのとき、再生画面の枠外で、なにかが忙しなく動いていることに気付いた。

そこにあったのは、視聴者がコメントを送るための入力ボックス。

なんだか気になって注意深く見ていると、画面に次々と流れていく酷い言葉のほとんどが、先にその入力ボックス内に綴られていた。

動画サイトに詳しくない澪ですら、それがなにを意味しているかを理解するのは簡単だった。

「つまり……、さくらさんへの誹謗中傷は、このパソコンから……」

ネットニュースを見たときから薄々察してはいたが、たちまちすべての辻褄が合い、澪の心は怒りで埋め尽くされる。

いっそ羽賀を叩き起こしたいくらいの衝動を覚えたけれど、澪はそれをなんとか抑え、一度深呼吸をした。

「……最低」

なかば無意識に零れた呟きに、次郎も小さく頷く。

「もはや、庇う理由はまったくないな。……ただし、この霊には羽賀に復讐するほどの力がない。恨みや無念を抱えてはいるが、気配はどこにでもいる浮遊霊と大差ないレベルだ」

「どうして、こういうときに限って」

澪としては、正直、羽賀には少々痛い目に遭ってもらいたいくらいの気持ちだった。

とはいえ、無関係な人間がそれを望んだり、ましてや手助けするのが正しい行いだとは思っていない。

ただ、なにもできないと思うと、どうしても不公平に思えてやりきれなかった。

かたや次郎はいたって冷静に、怒りに震える澪に視線を向ける。

「で、どうする」

「どう……って」

まったく選択肢の思いつかない問いに眉根を寄せると、次郎はやれやれといった様子で肩をすくめた。

「肝心なことを忘れるな、依頼の件に決まってるだろ。ちなみに、復讐はできなくとも、霊を癒すことはできる。東海林さんに任せれば、そう時間はかからないはずだ。その後はここで霊が目撃されることもなくなり、いろんな意味ですべてが解決する」

「すべてが、解決……」

表面上は確かにそうだが釈然とせず、澪は俯く。

とはいえ、あくまで目的は依頼の解決であるという自覚はあり、たとえ復讐は果たされなくとも女の霊が、——さくらが癒されるならば、それが一番だという気持ちもあった。

「全然スッキリしませんが、さくらさんがこれ以上苦しまなくて済むなら、そうしましょう」

澪はそう言いながら、さくらの方に視線を向ける。

しかし、さくらはいつの間にか姿を消しており、澪はその存在の小ささを改めて実感した。

そんな中、次郎はポケットから数枚のお札を取り出す。

「お札ですか……？」

「ああ。東海林さんに頼むといっても、あの人はまだ万全じゃないし、体調を見ながら相談することになる。となると、その間の応急処置として、霊がこの部屋から出ないようにしておく必要があるだろ」

「なるほど……。ですが、さくらさんは気配が小さいですし、今回は東海林さんに無理していただかなくても、他のお坊さんじゃ駄目でしょうか。たとえば、玲奈さんのご実家の神上寺とか」

ごく当然の提案のつもりだったけれど、次郎はわずかに間を置いた後、首を横に振った。

「いや、できれば先に東海林さんに相談したい。あの人なら説明も少なくて済む」

「でも、さくらさんのことを考えるなら早い方が……」

「数日くらいなら大差ない。ともかく、後処理は助手の俺に任せろ」

次郎はそう言うと、話は終わりとばかりに壁にお札を貼りはじめる。

澪は妙な違和感を覚えながらも、結局は頷いてみせた。

そのとき、澪たちの会話で目覚めたのか、羽賀が怠そうに上半身を起こす。

「……あれ……、あ、そうか、調査……」

「すみません、起こしてしまいましたね」

謝ると、羽賀はしばらくぼんやりした後、やがて思考が追いついたのか、突如ベッドから身を乗り出した。

「そうだ、霊はどうでした？　やばい奴でしたか？　俺、狙われてます？　すでに呪われてたりとかしませんよね？」

真っ先に自分の心配をする羽賀に、澪は強い嫌悪感を抱く。――しかし。

「……あなたが、散々誹謗……」

「――澪」

さくらから知った事実を突きつけてやろうとした澪を、次郎が即座に制した。

わけがわからず抗議の視線を向けると、次郎は落ち着けと言わんばかりに小さく頷く。

そして、澪に代わって羽賀への説明をはじめた。

「ここに出る霊は、事故物件の原因となった男性ではありませんでしたが、いわゆる浮遊霊でした。気配が弱く、危害を加える心配はありません」

「浮遊霊……？」

「ええ、数日中にこちらで対策する予定ですので、しばらくお待ちいただけると」

「弱いって言いますけど、昨日はうちのガラスを……」

「ごく稀にそういうこともありますが、最大の懸念でその程度です」

「……つまり、危険はないということで、合ってます？」

「浮遊霊とは、そういうものですから」

浮遊霊というあまり一般的でない単語が出てきたせいか、羽賀は次郎の話を聞きながらポカンとしていた。

しかし、危険はないという報告に安心したのか、やがて、意味深な笑みを浮かべる。

「それって、対策をするまでは、その霊がうちにずっといるってこと……ですよね」

「ええ。勝手ながら、他の部屋からの苦情を考慮し、霊がこの部屋から出られないように応急処置をさせていただきました。その影響で、霊感がなくともなにかの拍子に視えてしまうことがあるかもしれません。もっとも、先ほど申し上げた通り、危害を加えることなどできない小さな浮遊霊ですので、たとえ視えても無視してください」

澪はそれを聞きながら、ずいぶん懇切丁寧な説明をするものだと、逆に奇妙に感じていた。

羽賀のような人間に対し、いつもの次郎ならもっと突き放すような言い方をするはずなのにと。

現に、羽賀はすでに怖がるどころか、さも興味津々な様子で目を輝かせていた。

「本当の本当に、危険はないんですね？　万が一ですが、僕が怒らせるようなことをしても？」

「怒らせるようなこと、ですか」

「い、いや、あえてじゃなく、知らず知らずのうちにってこともあり得るじゃないですか……」

「そういうことですか。まあ、気配は強くなるかもしれませんが、その程度です。数日はお気を付けいただいた方がいいですね、視たくないでしょうし」

「……なるほど」

頷く羽賀の目にはわかりやすい程に企み（たくら）が滲ん（にじ）でおり、なにを考えているかは一目瞭然（いちもくりょうぜん）だった。

部屋の中に霊がいることが確実な上、危険はないという都合のいい情報を得たのだから、配信用にカメラを回すつもりなのだろうと澪は確信する。

ただ、次郎も次郎で、あえて羽賀の興味を煽るような言い方を選んでいるとしか思えず、澪としてはむしろそっちの方が引っかかっていた。

おおかた次郎にもなにか考えがあるのだろうと、澪は苛立ちが表情に出ないよう必死に堪え、あえて口を挟まず二人の様子を窺う。

すると、次郎はややわざとらしく時計を目にし、ふたたび口を開いた。

「それでは……、調査結果はお伝えした通りですし、今後の手配がありますので我々はこれで失礼します。対応については、準備が整い次第ご連絡差し上げますが、それ以前に万が一なにか問題が起きた場合は、名刺の番号にご相談ください」

「え、帰るんですか？　こんな時間に……？」

「ええ。では」

次郎はそう言い残し、返事も聞かずにあっさりとその場を後にする。

まさかの展開に澪は慌てて羽賀に会釈をし、バッグを抱えて次郎に続いた。

すると、次郎は階段を下りて敷地内に停まっていた車に乗り、澪が助手席に乗ったことを確認するやいなや、なにも語ることなくエンジンをかける。

「ちょっ……、待ってください、説明してください！」

慌ててそう言うと、次郎はシートベルトを締めながら首をかしげた。

「説明もなにも、見たまんまだろ」

「いや、わかりませんよ……！　どうして羽賀さんを煽ったんですか？　あえて撮影させようとしてましたよね？」

「それだけわかってたら十分だろ」

「十分じゃないです！　もしさくらさんの姿が映ったら羽賀さんは絶対に配信するでしょうし、すべて彼の思うままじゃないですか……！　おまけに危険はないっていうお墨付きまでもらってるんだから、撮影を成功させるために、霊を怒らせるようなことまでやりかねません……！」

「だろうな」

「だろうなって！　どういうつもりですか……！」

「……落ち着け」

「落ち着けません……！」

「いいから落ち着けって。……俺は、確かに危険がないとは言ったが、それはあくまで、〝さくら〟に限っての話だ」

「……はい？」

「あとは、考察しながら待ってろ。こっちもまだ確証がないから全部は言えない。ただ、──多分、お前のストレスも解消される」

「…………」

「帰るぞ」

話を強引に切られてしまい、澪は仕方なく黙ってシートに背中を預ける。

ただ、納得がいっていないにも拘らずあっさりと引き下がった理由は、それ以外にもあった。

なにより、「お前のストレスも解消される」と口にした次郎がほんの一瞬だけ見せた人の悪い笑みに、普段の次郎があまり表に出さない人間味を感じたからだ。

それはまるでいたずら好きな子供のようでもあり、言い返す気持ちがつい萎むくらいには、新鮮な表情だった。

「……言っておきますが、今私が抱えているストレスは、海よりも大きいですよ」

戯れに文句を口にすると、次郎は小さく笑う。

「問題ない。二日もすれば消える」

「……だといいですけど」

にわかに信じ難いと思いつつも、やけに自信ありげにそう言われると、不思議と気持ちが落ち着いていくような気がした。

事態が大きく動いたのは、次郎の予言通り二日後となる、澪の夜勤振替休暇が明けた日のこと。

「──誹謗中傷された場合、開示請求などいろいろ対抗策はありますが、費用はもちろん、手間や時間もかかりますから、即座に決断するのは難しいかもしれませんね。追い詰められていたなら、なおさらです」

「そうだよね……。でも、さくらさんのような悲しい霊を見ちゃうと、どうしても、生きてるうちになんとかできていればって考えてしまって」

「ええ。わかります」

昼前、澪が沙良に一連の調査の報告をしていると、突如、携帯が鳴った。

ディスプレイ表示されていたのは次郎の名前で、澪はなにやら予感めいたものを覚えつつ、通話ボタンをタップする。

「次郎さん、どうしました？」

「行くぞ。ビルの前に停めてるから、すぐ出てこい」

「行くって、どこに……」

「羽賀の家だ」

羽賀の名前を聞いた途端に頭に浮かんだのは、二日後あたりになにやら動きがあると言っていた次郎の言葉。

「い、行きます！」

澪は返事をすると同時にバッグを抱え、沙良に手を振りオフィスを飛び出した。

そして、ビルの前に停まっていた次郎の車に乗り込むと、後部シートには、吉原不動産で先に合流していたのか晃の姿もあった。

「なにかあったんですか……？」

はやる気持ちを抑えられずにそう尋ねると、晃が助手席に身を乗り出し、ニヤニヤと笑う。

「大アリだよ。高木くんも現場を見たがってたけど、忙しいみたいだし、ほんと可哀想だよね」

「見たがってた……？」

「朝、羽賀さんから部長さん宛に連絡があったの。……まあ、あとは行ってからのお楽しみってことで！」

今回はやけに焦らされてばかりだと思いながらも、もうすぐわかるのなら追及することもないと、澪は黙って頷く。

そして、約一時間かけて羽賀の家に着き、外階段で二階へ上がった、瞬間。

部屋着のまま小さく外廊下に座り込む、羽賀の姿が目に入った。

「え、羽賀さん……？」

声をかけると、羽賀はガバッと顔を上げ、血相を変えて澪たちに駆け寄り次郎の腕を摑む。

「う、嘘つき……！ 危険はないって言ったじゃないですか……！」

そう訴える羽賀の頰には細い切り傷が走っており、よく見れば部屋着にも数箇所裂け目があった。

ただごとではないその様相に、澪は言葉を失う。

かたや次郎はさりげなく羽賀の手を払いながら、いたって冷静な表情で口を開いた。

「電話でも申し上げましたが、浮遊霊に危害を加える力はありません。危険はないはずです」

「いやいや、この姿を見てもまだそれ言います……？　っていうか、部屋がめちゃくちゃで……！」

「拝見します」

次郎は羽賀の横をすり抜け、二〇二号室のドアを開ける。

澪も慌ててその後を追うが、リビングの光景を目にした瞬間に思わず足が止まった。

「これ……って」

それも無理はなく、部屋の中は家具という家具がすべて倒れ、まるで地震の後のような有様だったからだ。

おまけにカーテンはボロボロに破れ、壁のいたるところに爪で引っ掻いたような痕が残っている。

「いったい、なにが……」

わけがわからないまま、ひとまずリビングに立ち入ろうとしたものの、ふいに、晃に腕を引かれた。

「危ないよ。床にガラスが落ちてる」

「え……？」

見れば、床には確かに、粉々に砕かれたガラスの欠片が散らばっていた。

その中には正体のわからない黒いプラスチック片も交ざっており、不思議に思って座り込むと、晃が横から手を伸ばしてひとつ拾い上げる。

「あーあ、悲惨。原形がまったくないじゃん」

「原形？　元がなんだったかわかるの……？」

「カメラだよ、多分」

「あ……！」

そう言われて改めて観察してみると、晃が手にしたプラスチック片には、赤い丸のマークと、RECという小さな文字が確認できた。

他にもそれらしき文字が書かれた破片が床にいくつか見当たり、だとすればガラス片はレンズだろうと、澪は晃の言葉に納得する。

つまり、羽賀はやはり、ここでカメラを回したのだろう。

たちまち澪の心に複雑な思いが込み上げたけれど、まるで爆発でもしたかのような凄まじい壊れ方をしたカメラを目にしてしまったせいで、そのときは恐怖の方が勝っていた。

呆然としていると、澪たちを追ってこわごわ部屋に入ってきた羽賀が、ふたたび次郎に詰め寄る。

「本当に騙されました……！　俺、死ぬかと思ったんですから……！」

「詳しく伺っても？」

「夜中に勝手に部屋の物が動き出して、俺に向かって飛んできたんです！　布団の中に隠れたら、今度は首を絞められたみたいに苦しくなって……。その後、爆発音がして解放されたんですけど、見たら、カメラがこんな状態に……！」

「なるほど」

「なるほどじゃなくて！　いい加減なことを言って、俺がもし死んでたらどうするつも……」

「それは、浮遊霊の仕業ではありません」

次郎が強い口調で言葉を遮った瞬間、羽賀はポカンと口を開けた。

「は……？　いや、あんたが浮遊霊だって……」

「浮遊霊もいますが、これは明らかに地縛霊の仕業です。……要は、ここにずっと留まっていた自殺者の霊の感情を、図らずも、羽賀さんが煽ったということではないかと」

「自殺者の、霊……？」

「ちなみにですが、霊を撮影したいがために、確実に現れるようあえて怒らせるようなことを言いませんでしたか」

「…………」

羽賀は無言だったが、酷く泳いだ目が動揺を表していた。

それを肯定と取ったのだろう、次郎の表情がさらに冷たさを帯びる。

「羽賀さんとしては浮遊霊に放った言葉だったのかもしれませんが、その際、元からここに留まっている地縛霊の神経を同時に逆撫でしたのだと考えられます。ちなみに、地縛霊が抱える無念は浮遊霊の比ではありません。……また、二人の霊には追い詰められての自殺という共通点がありますので、私からすれば、起こるべくして起きた結果です」

「追い詰め、られての……？　浮遊霊も……？」

「ええ。心当たり、ありますよね」

「……あんた、どこまで知っ……」

「あるのなら、その報いかと」

「…………」

「こうなってしまうともう我々では手の施しようがありません。ただ、地縛霊というのは、あくまで原則的に、その場に留まります。ですので、あなたがこの部屋を離れれば逃れられるかと思いますが」

反論の隙も与えず淡々と語る次郎の言葉を聞きながら、澪は、ストレスが消えるとはこういうことかと、密かに納得していた。

つまり、次郎は羽賀の行動を完璧に読んだ上で、ここから追い出すまでの流れを作ったのだと。

羽賀は真っ青な顔で、次郎に縋り付く。

「引越せってことですか……？　それってつまり、体よく追い出すつもりでしょ……？

まさかあんたら、配信の仕返しのつもりで仕込んだんじゃ……！」

「仕込むもなにも、自ら蒔いた種では。ちなみに私は吉原不動産の人間ではありませんので、羽賀さんに仕返しする義理はありませんし、引越しされても得をしません。あと、吉原不動産からしても、体は特別よくないかと。部屋の惨状からして、むしろ最悪です」

「いいや、絶対にグルだ……！　訴えてやる……！」

「どうやって？」

「…………」

「では、我々はこれで失礼します。あとは、吉原不動産とご相談を。──ちなみに、一度買った恨みはそう簡単には消えませんから、くれぐれも、これ以上煽るようなことはしない方が。これは、ただの助言です」

「……この部屋を出ても？」

「さっきも言いましたが、地縛霊がこの場に留まるというのは、あくまで原則の話ですから」

「…………」

「澪、溝口、帰るぞ」

次郎はそう言って、茫然自失とする羽賀にあっさりと背を向けた。

澪は晃と顔を見合わせ、その後を追う。

羽賀はもう次郎を引き留めようとせず、ただよろよろと床に座り込んだ。

その姿はあまりにも弱々しかったが、やはり可哀想とは思えず、澪は躊躇うことなく玄関を出てドアを閉める。

そして、さくらのことを思い、ほっと息をついた。


「――配信サイトを見た感じ、さくらさんは元々商品紹介動画をメインに配信していたんだけど、亡くなる半年前くらいから急にゲームの実況を始めて、一気に人気が出たみたい。配信界隈じゃよくあることだけど、再生数が頭打ちだった羽賀さんは自分の畑を荒らされたような気分になって、逆恨みしたんだろうね」

帰り道、晃はあくまで推測としながらも、羽賀がさくらを誹謗中傷するに至った原因を語った。

聞けば聞くほど不快な話だが、嫉妬からはじまるトラブルなど珍しくもなんともなく、さほどの驚きはなかった。

気分が落ちて俯くと、晃が後部シートから手を伸ばし、宥めるように澪の肩を叩く。

「でもほら、スッキリしたじゃん。羽賀さんは痛い目見たし、引越してくれれば依頼の件も片付くわけだし」

「……まあ、それは、確かに」

「にしても、最近の部長さん、割と感情で動くよねー。前と全然違うっていうか、ついこの間も蒲田の……」

「――溝口」

「あ、……いや、なんでもない」

突然止まった怪しい会話が気になり澪は咄嗟に振り返るが、晃はわざとらしく目を逸らし、続きを口にしてくれそうな気配はなかった。

ただ、そのときの澪は、伏せられた話の内容以前に、晃が口にした「最近の部長さん、割と感情で動くよね」という言葉に密かに共感していた。

ついさっき羽賀を責めていたときも、選ぶ言葉や表情から、私情が隠しきれていないように思えたからだ。

一哉の件が結着して以来、次郎が少しずつ素を出しはじめていることには気付いているが、今回は特に顕著な気がして、澪は思わず次郎をじっと見つめる。

「……なんだ」

「いえ……」

「で、お前の海より大きいストレスは？」

「あれは、……一応、晴れました。まだ余韻はありますが、今は池くらいです」

答えると、次郎はわずかに目を細める。

その表情がやけに柔らかく、――ふと、本来の次郎は想像よりもずっと感情が豊かなタイプなのではないだろうかと考えている自分がいた。

もしそうだとしたら、あと何年一緒にいればそれを知れるだろうかと、澪は思う。

それは同時に、次郎と——吉原グループの御曹司である次郎と、いったいあとどれくらい一緒にいられるのだろうかと、小さな疑問が生まれた瞬間でもあった。

第二章

突然やってきた伊原からの依頼は、酷いものだった。

「あと、どれくらいで着きます……？」

「ちょっと澪ちゃん、もっとやる気出してよ……！　今の俺にとって、これはもっとも重要な案件なんだから！」

結果から言えば断ることができず、まさに今、泊まり込み調査を行うため、現地へと向かっている。

しかし、運転席で異様にテンションの高い伊原を見ていると、判断を間違えたような気がしてならなかった。

「エイミー、ちゃん……？」

ことの発端は、先週末。

当たり前のようにアポ無しでやってきた伊原は、エントランスで迎えた澪にいきなり縋りつき、「エイミーちゃんを助けてくれ」と言い放った。

おおかた、五秒で断るレベルのくだらない案件を持ってきたのだろうと考えた澪は、取り合わずにあっさりと追い返すつもりだった。――の、だが。

「なにこれ！　超古風な幽霊が出そう……！」

騒ぎを聞きつけて執務エリアから出てきた晃が、伊原が手にしていた写真を抜き取り、いきなりテンションを上げた。

「晃くん、お願いだから食いつかな……」

「そう！　そうなんだよ！　それがエイミーちゃんの実家の写真で、確か築七十年だっけな、とにかく古くて井戸も……多分？　あって、お岩さんとかお菊さんみたいな歴史的な霊が出まくるんだって！　知らんけど！」

「ちょっ……伊原さ……」

「お願い！　エイミーちゃんを救って！　日本一の心霊調査会社の名にかけて！」

「なに言っ……」

いつも以上の強引さに困惑する澪を他所に、伊原は隙を見てズカズカとオフィスに上がり込み、応接スペースへと入っていく。

かなり憂鬱な展開だが、とりあえず話だけは聞いてやろうと、澪は伊原の向かい側に座った。

そこで語られたのが、伊原が最近再開した歌舞伎町通いで指名している新人ホステス、エイミーの実家で起こりはじめた心霊現象のこと。

聞けば、伊原は自らの力で彼女をトップに押し上げるべく、予算は乏しくも並々ならぬ気概だけを持って足しげく通っているらしい。

それはともかく、先月エイミーが実家に友人を泊めたところ、一緒に怖ろしい体験をしたのだそうだ。

内容に関しての詳細はないが、エイミーいわく「超怖いお化けが出た」とのこと。

夢中になっている伊原ですら最初は適当に流していたようだが、その頃から、エイミーの両親までもが突如不気味な現象に悩まされはじめ、ついには実家を出て一旦仮住まいに移ったという報告を聞き、信ぴょう性が高いと考えるようになったらしい。

そんなある日、調子に乗って入れたシャンパンを浴びるように飲んでしまった伊原は、ついつい「俺は日本一の心霊調査会社に伝手がある」と大口を叩いてしまう。

通常、心霊調査会社なんて口にしようものなら、ほとんどの人間は怪しむか笑うかのどちらかだが、エイミーはまさかの少数派であり、キラキラと目を輝かせながら「みっちゃん、私の実家を霊から取り戻して」と懇願し、――即座に伊原が第六のオフィスに駆け込んだというのが、一連の流れとなる。

澪は、もちろん、断るつもりだった。

ただでさえ高木からの依頼が大量にあるというのに、酔っ払いの安請け合いまで取り合っていたら進まないからだ。

しかし、そんなときに伊原が口にしたのが「俺、第六には結構貸しがあると思うんだけど」というひと言。

それを出されると、澪には返す言葉がなかった。

現に、伊原からは、重要な局面で何度も助けられている。

占い師を追っていたときなんかは、事情をなにも聞かずに調査の協力をしてほしいという無茶な頼みを、あっさりと引き受けてくれた。

「そ、その切り札を、エイミーさんの調査に使っちゃっていいんですか？」

せめてもの抵抗のつもりでそう言ったものの、伊原は迷いなく頷いてみせた。

「エイミーちゃんに使わなかったら、いったい誰に使うのよ」

「…………」

結果、調査を請けざるを得ず、まさに今、晃と沙良とともに伊原の車で向かっているのが、埼玉にあるというエイミーの実家。

渋々請けた案件ではあるが、晃は物件の写真を見たときからずっと興奮しており、沙良もまた、久しぶりの本格参加とあってか、ずいぶん気合いが入っている様子だった。

ちなみに、次郎に打診したところ、「あまり長引かせないように」という条件付きで、許可が下りた。

結果、通うには少し遠いため一泊して調査を進める計画となったわけだが、当の次郎は相変わらず忙しいようで、今回も澪に一任するとのこと。

任されたことはもちろん嬉しいが、伊原からの依頼を面倒臭がっているだけではないかという邪推が邪魔し、澪としてはいまいち素直に喜べなかった。

「ってか、今回も事前調査なしで平気なの？　いきなり泊まり込み調査して、出てきてくれんのかな？」

道中、そんな疑問を呈した晃に、澪は頷く。

「エイミーさんの友達も視たっていうし、そこまで強い警戒心がない類の霊なんじゃないかなって」

「なるほど。だったら出るかもね、〝超怖いお化け〟」

明らかにふざけている晃に、伊原は運転しながら不満げに眉根を寄せた。

「……今、エイミーちゃんを馬鹿にしたね？」

「僕が馬鹿にしてるとすれば、伊原さんだけだよ」

「ならいいけど。……いや、全然よくないけど」

「うける」

もっとも面倒なのは、たまに巻き起こるこのくだらない争い。

やたらとエイミーの話題に過敏な伊原の様子から、どれだけ入れ込んでいるかは、わざわざ聞くまでもなかった。

澪は沙良と顔を見合わせ、やれやれと溜め息をつく。

「沙良ちゃんごめんね。本当はこういう伊原さんの個人的なやつじゃなくて、高木さんからのちゃんとした依頼を中心に手伝ってほしかったんだけど……」

「いいえ、私は嬉しいです。それに、あまり重い案件ですと、まだ目黒が良い顔をしませんから」

「それは、……そうかも。今回はオッケー貰えてよかったよ」

「ええ。もっとも、気付かれないようについて来ているとは思いますが」

「……だろうね」

澪は苦笑いを浮かべるが、決して、そんな目黒をわずらわしく思ってのことではない。

むしろ、目黒の沙良に対する思いが恋愛感情ではないかという晃の推測を聞いて以来、目黒に対する印象が大きく変わった。

そして、目黒は澪にとってもっとも敵に回したくない人物の一人だが、そういう意味で沙良を大切に思っているのならば、沙良が身を置く第六を欺くようなことはしないだろうという安心感もより強くなった。

もちろん、万が一沙良になにかあったときのことを考えると緊張感はあるが、だからこそ、目黒が陰ながら見守っているという状況は、ある意味好都合とも言える。

「いっそ、普通に付いてきてくれてもいいのに」

そう言うと、沙良は困ったように笑った。

「私が困ります。いつかは、誰かの手を煩わせることなく生きていけるよう、きちんと自立したいと思っていますし。……もっとも、過剰に守られている現状を考えると、まだ遠い話だとわかってはいますが」

「そんなに過剰かなぁ。それぞれ置かれた環境が違うし、私は、気持ちさえ自立していれば、心配かけたり煩わせたりしても別にいいと思うけど。いつか無人島で一人暮らしでもしたいっていうなら、話は別だけど」

「ええ。まさに、無人島でも不自由ないくらいの強い人間になりたいのです」

「そ、そう……。思ったより目標が高めだった……」

迷いなく言い切る沙良の言葉を聞きながら、目黒の気苦労はしばらく続きそうだと澪は思う。

ただ、沙良のこういった面に翻弄される目黒の姿を想像すると、少し微笑ましくもあった。

そんな中、車は高速を下り、静かな街並みをしばらく走った後、やがて古い住宅街に差しかかる。

間もなくカーナビから目的地付近であるというアナウンスが流れたが、辺りは古い町の特徴と言うべきか、車一台がギリギリ通れるくらいの道が複雑に入り乱れ、伊原はしばらく迷った後、ようやく一軒の平屋の前で車を停めた。

「おお……！　写真で見たまんまの家だ！　リアムが喜びそうな、ザ・ジャパニーズホラー！」

早速感嘆の声を上げたのは、晃。

伊原は伊原で、感慨深げに建物をまじまじと見つめる。

「エイミーちゃんは、ここで生まれ育ったのか……」

「キモ……」

「だからあんなに可愛いのに飾り気なく、素直で無邪気な性格に……」

「僕、この人無理」

晃は容赦ない突っ込みを入れながらも、建物を眺める目にはわかりやすい程の期待が滲んでいた。

それも無理はなく、エイミーの実家はまさに築七十年の年季が入った、いかにも晃が食いつきそうな佇まいだったからだ。

庭もまた、一見すると強いこだわりを感じる和庭園だが、立派な松や椿の周囲には葉や枯れ枝が散らばり、飛び石の通路には雑草が蔓延っていて、長く人の手がかけられていない感じが気味悪さを助長していた。

ただ、なにより顕著なのは人の生活の気配がないことであり、エイミーには悪いと思いつつも、澪はジャパニーズホラーという晃の表現に、密かに共感する。

そんな中、伊原は庭の横に併設された駐車場に車を突っ込み、エンジンを切った。

そして、一番に車から降りると、エイミーから預かってきたらしい鍵を澪たちにチラつかせ、真っ先に玄関の方へ向かう。

「伊原さん、ずいぶんご機嫌だね……。いつもなら誰より怖がるところなのに」

澪が呟くと、晃がラゲッジの荷物を手繰り寄せながら、呆れたように笑う。

「お気に入りの子に頼られた上、実家まで来ちゃったっていう恋愛シミュレーションゲームのような現実に、怖さが吹き飛ぶくらい浮かれてんでしょ」

「そ、そっか。……というか、最近の晃くんって、これまでに輪をかけて伊原さんに冷たくない？」

「え？……あー、……ううん、そんなつもりないよ。全然一緒」

妙に含みのある間が気になったけれど、晃と伊原が文句を言い合いながら戯(じゃ)れ合うのは確かに通常営業であり、澪はあまり気に留めずに自分の荷物を抱える。――そのとき。

「出たぁあっ！」

玄関の方から伊原の叫び声が聞こえ、澪たちは顔を見合わせた後、慌てて車から降りた。

そして、駐車場の通用口から庭に入り、玄関の前に立つ伊原に慌てて駆け寄った、――瞬間。

伊原の奥に立ちはだかる老婆の姿が目に入り、澪は思わず息を呑(の)んだ。

なぜなら、その手にはギラリと光る鎌が握られていたからだ。

「ちょっ……、に、逃げ……」

澪はたちまちパニックを起こし、伊原の服の裾(すそ)を摑(つか)んで背後へ引っ張る。しかし。

「おばあさん、誰？」

いたって平然と、晃がそう質問した。

あまりにものん気な口調のせいか、澪はわずかに冷静さを取り戻し、改めて老婆に視線を向ける。

すると、老婆は頭に深く被(かぶ)ったほっかむりの下から覗(のぞ)く目で、四人を順番にじっとりと睨(にら)みつけ、やがてゆっくりと口を開いた。

「……この家に、なにか用か」

やたらと迫力のある言い方に押されてか、伊原の肩がビクッと揺れる。

それでも晃は依然として怯(ひる)むことなく、伊原の横に並ぶと、老婆の手の鎌を指差した。

「とりあえず、それ置いてくんない？　怖いから」

「なにか用かと聞いてる」

「なにって、この家のお嬢さんから頼まれて、調査しに来たんだよ」

「娘……映美(えみ)のことか」

「エミ？……エイミー……ああ！　うん、多分」

「調査とはなんだ」

「詳しく話す前に、おばあさんが誰なのか教えてよ。この家の関係者？」

仮にも刃物を手にした相手に対して普通に話を進める晃に、澪はただただ感心していた。

老婆もまた、さっきまでの殺気をやや緩め、向かって左隣にある一軒家を指差す。

「わしは、映美の祖母だ。隣に住んでる」

「え？……おばあちゃんなの？　いかつい武器持ってるから、雇われのガーディアンかと思った」

「草刈りをしていただけだ。この時期はすぐに雑草が伸びてかなわん」

「あー、なるほどね。……まあとにかく、依頼主のおばあちゃんだっていうなら、事情を話してもいいよね？」

晃はそう言って振り返り、澪と目を合わせる。

戸惑いながらも澪が頷(うなず)くと、晃はふたたび映美の祖母と名乗る老婆と目を合わせ、にっこりと微笑んでみせた。

「この家、お化けが出るんでしょ？　僕らはその……いわゆる〝なんでも屋〟で、エイミ……映美さんから、本当に出るかどうか確かめてきてほしいって頼まれたんだ」

口調は軽いが、随所の言葉を受け入れやすそうなものに変換しているあたり、さすがだと澪は思う。

一方、エイミーの祖母は眉間(みけん)に深い皺(しわ)を寄せ、晃を睨みつけた。

「お化け……？　そんなもの、いるわけないだろう」

「そこらへんの議論は、直接映美さんとしてよ。こっちは、ただ頼まれて来ただけだし、家の中で自由に調査をしていいっていう許可だって取ってるんだから。嘘だと思うなら、映美さんに確認してみれば？」

「…………」

「それとも、こっちから映美さんに電話しようか？」

晃の問いかけの後、わずかな沈黙が流れる。

ほっかむりで半分隠れた顔からは感情がまったく読み取れず、空気は異様に張り詰めていた。

しかし。

「……いい。事情は、わかった」

まだ釈然としない様子ではありながら、老婆は渋々といった様子で体を玄関脇に避ける。

伊原は依然としてビクビクしながらも、晃に促されるまま玄関の鍵を開け、引き戸の引手に手をかけた。

「で、では、お邪魔しますね……？」

「事情は、わかった、……が！」

「ヒッ」

「ここは息子夫婦と孫の家だ。好き勝手にはさせんからな」

「は、はい！　だ、大丈夫です！　いい一泊、するだけですから！」

伊原は声を裏返しながらそう答え、逃げるように家の中へ入って行く。

その怯え様に、晃が堪えきれないとばかりに笑った。

「びびりすぎ。……ってわけで、僕もお邪魔しまーす」

残された澪と沙良も、妙な緊張感が拭えないまま、老婆に会釈をして玄関に入る。——

——そのとき。

「映美は、どんな様子だった」

いきなり背後から問いかけられ、思わず心臓がドキッとした。

「え？……あ、す、すみません、私たちはお会いしたことがなく……」

かろうじて答えられたものの、動悸はなかなか収まらなかった。

「会ったことがない、だと？」

「え、ええ。映美さんから直接相談を受けたのはさっきの伊原でして、……私たちはその、付き添いと言いますか……」

「……そうか、ならいい。では、なにかあったら必ずわしに言いなさい」

「は、はい」

エイミーの祖母が言う〝なにか〟がどういう意味なのか、それこそ、孫のことか霊のことか家のことかすらわからなかったが、あまりの迫力に、頷く他なかった。

ともかく、こうも癖の強い監視人がいるなんて聞いておらず、後で伊原に文句を言おうと思いながら、澪はようやく家に上がる。

中は外観程古い印象はなく、随所にリフォームの形跡が窺えた。

玄関ホールからは左手と正面に向かって廊下が延びており、左手は庭に面した内縁に続くため少し明るく、正面はやや暗い。

伊原からは間取りを聞いていないため少し迷ったけれど、澪たちはひとまず正面へ延びる廊下を進む。

すると、廊下沿いの右手には洋室が二つ続き、奥まで進んだ左側には、ダイニングキッチンに続く入口があった。

「失礼、します……」

誰宛でもない挨拶をして足を踏み入れると、そこから左手にあたる庭側に見えたのは、和洋室といった雰囲気のリビングらしき部屋。

中央に大きなソファとセンターテーブルが置かれ、綺麗に保たれてはいるが、左右の壁面に並んだチェストの上には飾り時計に陶器に人形にと統一感のない物が所狭しと並べられ、雑然とした雰囲気を醸し出していた。

さらに、リビングの奥には、ガラス障子越しに玄関ホールからも見えた縁側が確認でき、澪はようやくこの家のおおまかな構造を把握する。

澪たちはひとまず縁側まで行き、右側へと進んだ。

すると、リビングの隣には和室がひとつあり、そこでようやく、伊原たちと合流した。

「澪ちゃん、遅いよ」

「二人が早すぎるんですって！」

伊原の文句に言い返しながらも、調査とはいえ他人の家を歩き回る罪悪感に苛まれていた澪は、少しほっとしていた。

気を取り直して和室を見回すと、中は十畳程と広い上に床の間まであり、リビングと違って極端に物が少なく、部屋の隅にはいかにも高級そうな座布団が積まれている。

「こっちはやけにスッキリしてますね。客間かな……」

呟くと、伊原が突如両手を鳴らした。

「そういえば、エイミーちゃんと友達が霊を視たのは客間だって言ってたような気がする……！」

「気がするって……。曖昧すぎますし、そういう情報があるならもっと早くくださいよ……」

文句を言う澪に、伊原は悪びれもせず肩をすくめる。

「たった今思い出したんだってば。そもそも、エイミーちゃんが怖がるから、あまり詳細を聞けず終いだったし」

「それがおかしいんですってば。今回は詳細どころか、最低限の情報もないじゃないですか……」

「だって、実家のことを根掘り葉掘り聞かれて、気持ち悪がられたら最悪じゃん」

「最悪もなにも、エイミーさんからお願いされた調査でしょう……？　もう、今からでもいいから聞いてください！」

「無理無理。今は絶対寝てるし、起きてたとしても、仕事の準備があるだろうしさ。だいたい、こっちからの連絡にはあまり反応ないし」

「反応が、ない……？　それってあまり相手にされてな――」

「澪ちゃん……」

晃に止められたもののすでに遅く、伊原は途端に表情を強張らせる。しかし、即座に持ち直し、大きく首を横に振った。

「……いやいや、なに言ってんだか。相手にしてない男に実家の鍵なんて託さないでしょ！」

自信ありげにそう言う伊原に、晃も宥めるように頷く。

「うんうん、他はともかく、そこに関しては僕も同意。ちなみに、念の為に聞いておきたいんだけど、『普通は調査に高額な費用がかかるんだけど、君のためなら俺が出してあげる』とか、言ってないよね？」

「なんで知ってんの？」

「………………」

途端に晃が憐れみの表情を浮かべ、澪もまた、やれやれと溜め息をついた。

伊原はかつて、かなりの頻度でキャバクラ通いをしていたと聞いているが、それだけの経験値をもってしてもなお、ひとたび夢中になれば自分を客観視できなくなってしまうのかと。

ただ、当の伊原はずいぶん楽しそうであり、極論、本人が幸せなら良いのだろうと、澪は自分にそう言い聞かせた。

そんな中、沙良はといえば、キャバクラ云々の話題にはいっさい興味を示さず、客間の床の間の前に膝をつき、そこに飾られていた陶器の花器を眺めていた。

「沙良ちゃん、どうしたの？……なんかそれ、高そうだね」

それは薄茶に朱色の模様があしらわれた普通の花器だったけれど、高価に見えた理由は他でもない、雑多なリビングと違い、特別感のある飾られ方をしていたからだ。

しかし、沙良はやや険しい表情を浮かべ、首を捻った。

「それが、よくわからないのです。私の父は焼き物に目がなく、何度も展示会に連れて行ってもらいましたから、私もそれなりの知識を持っているつもりでしたが……、こちらは、まったく見たことがありません」

「えっと……、そんなに高価じゃないってこと？」

「それなりに良い品だとは思うのですが、詳しくは……。気になるので、少し失礼して──」

沙良はハンカチを取り出し、花器をそっと抱え上げる。

そして注意深く裏返すと、底には四角く囲われた、青い裏印があった。

「それって、窯元の名前が書かれてるんだっけ？」

「ええ。ですが、やはり私には見たことがないものですね。裏印を見ても、デザイン性が高くなんと書いてあるのかよくわかりません」

「そっか、……っていうか、そんなに気になる？」

正直、澪には、沙良がなにに引っかかっているのかよくわからなかった。

すると、沙良は花器を慎重に床の間に戻しながら頷く。

「ええ、少し。……というのは、リビングのチェストの上に、伊万里焼と思しき花器を見かけましたので。ずいぶん雑多な品々に埋もれていましたが、あれは遠目に見てもわかるくらいに高価なものでした」

「伊万里焼って、あの有名な……？　それが、あのごちゃごちゃした中に？」

「はい、ひとつだけとても目立っていました。確証はありませんが、伊万里焼の中でも歴史の古い、古伊万里ではないかと。一方、こちらの花器はあまり有名な作品ではないようですし、もし私なら、床の間には迷いなく古伊万里を飾ります。もちろん、エイミーさんのご両親がこちらの花器に特別な思い入れをお持ちである可能性もありますが、客間は他人を通す部屋ですから、個人の思い入れよりも、世間的に価値のある物を飾るものではないかと。……もっとも、私の個人的な意見ですが」

沙良は個人的な感覚だというが、説明には説得力があった。

「ちなみに、リビングの古伊万里ってどれ……？」

気になって尋ねると、沙良は立ち上がり、澪を手招きしてリビングへ向かう。

そして、向かって右側の壁面のチェストの前まで行くと、物で溢れかえる中からひときわ色彩豊かな花器を指差した。

「こちらです」

「ほ、本当だ……。私は全然詳しくないけど、いかにも高級料亭にありそうな感じのやつだ……！　ほ、本物……？」

澪がそう言うと、沙良は古伊万里らしき花器に顔を近付けてしばらく観察し、ゆっくりと頷く。

「鑑定できる程の知識はありませんが、私は本物の可能性が高いと思います。こちらの花器は、表面の質感がやや不均一で光沢が鈍いのですが、それこそ歴史が古い証拠であり、古伊万里の特徴のひとつとも言えます。一方、近年に作られた模倣品のほとんどは、表面が大変艶やかに仕上がりますので」

「く、詳しいね……。でも、本物だとしたら、こんなに雑に置く？」

改めて古伊万里と思しき花器の周囲に目を向けると、すぐ横には木彫りの熊が置かれ、背後には温泉地のお土産屋で見かけるような、ポール付きのペナントが立てかけられていた。

沙良も同じように古伊万里の周囲を確認しながら、かすかに眉根を寄せる。

「理由を想像するのは難しいですが……、ひとつ思い浮かぶとすれば、エイミーさんのご両親は世間的な価値判断に関心がなく、インスピレーションで好き嫌いを判断する方々である、という推測です。希少な古伊万里であろうとも、まったく興味がない人間にとってはただの古い焼き物でしょうから。私自身は、そういう感覚は嫌いではありませんが、……なにせ古伊万里となると、少し勿体なく感じますね。先ほどの床の間に、とても映えるでしょうし」

沙良は配慮に溢れた言い方をするが、知識がない故に価格でしか価値を判断できない澪からすれば、古伊万里を旅行のお土産と同等の扱いにするなんて、理解し難い感覚だった。

「だったら、古伊万里は少なくとも自分で買ったわけじゃなさそうだよね。興味がないなら、高いお金を払って手に入れようだなんて思わないだろうし」

「ええ、そう思います。こちらのお宅は築七十年とのことですし、もしかすると、過去に焼き物を収集していたご先祖がいらっしゃるのかもしれませんね。倉庫の整理をした際に思いもよらぬ物が出てくることは、よくありますから」

「よくあるかなぁ。私の実家じゃあり得ないけど……」

澪は実家を思い浮かべて苦笑いしながらも、沙良の家ならばとんでもない物が眠っていそうだと、勝手に想像を膨らませる。

するとそのとき。

「――ねえねえ、これさ、床の間にあったやつに似てない？」

いつの間にかリビングへ来ていた晃が、反対側の壁面に並ぶチェストの前で膝をつき、澪たちに声をかけた。

「え、どれ……？」

近寄ると、そのチェストは端の一部だけが飾り棚になっており、ガラス扉越しに、やけに仰々しく飾られた一枚の丸皿が確認できる。

扉を開けてよく見てみると、それは薄茶に朱色の模様が入ったデザインで、晃が言う通り、床の間の花器と雰囲気がよく似ていた。

「本当だ。同じ作者っぽいね」

澪が頷くと、沙良がふたたびハンカチを取り出し、注意深く皿を持ち上げて裏面を確認する。

　そこには、さっき見たものと同じく、四角で囲われた青い裏印があった。

「床の間の花器と同じですね」

「やっぱり？……このお皿も他とは明らかに扱いが違うし、よっぽどお気に入りなのかな」

「おそらく、そうなのでしょう。やはり価値や知名度とは無関係に、強い思い入れがあるのだと思います。大切な誰かが作った物なのかもしれません」

「大切な、誰かねぇ……」

澪はその説明に概ね納得しながらも、かすかに残った違和感が拭えず、沙良が飾り棚に戻した皿を見つめる。――そのとき。

「ちょっ……！　自由に調査していいとは言われてるけど、いろいろ触りまくるのは駄目だって！　壊したらどうすんの！」

伊原が慌てた様子で澪たちに声をかけた。

「す、すみません……」

確かにその通りだと、澪は慌ててガラス扉を閉める。

かたや晃は怯(ひる)みもせず、むしろ伊原に冷たい視線を向けた。

「いやいや、エイミーちゃんに嫌われたくないのはわかるけどさ、こっちは調査に来てるんだからある程度は勘弁してよ。物に憑(つ)いてる場合だってあるわけだし」

「そ、それは、そうかもしれないけど……！」

「心配しなくても、澪ちゃんたちがさっき騒いでたコイマリ？　だけは壊さないようにするから」

「はっ？　古伊万里があんの？　ど、どこに……？」

「あっちの派手なやつ。ってか、伊原さんもコイマリ知ってんだ？」

「当たり前でしょ！　むしろ君、知らないの？」

「興味ないし」

「興味なくても、聞いたことくらいは……！」

「ないってば。あっちの棚の上にあるから早く見てくれれば？」

晃が面倒臭そうに追い払うと、伊原は反対側のチェストへ行き、すぐさま古伊万里を見つけて目を見開く。

そして、ゆっくりと接近しながら注意深く眺めた後、ふたたび澪たちの方を振り返った。

「マジじゃん……」

「ね」

「なんでこんなところに置いてあんの……？」

「その話題、もう澪ちゃんと宮川さんの間で解決してるみたいだけど」

「解決しようがないって！　最低でもその飾り棚に置くべきでしょ……」

「そうなのかもね、コイマリの価値がわかる人は」

「いや、そう言うけど、そっちに後生大事に飾ってるやつだって同じ焼き物だよ？　焼き物好きな人間が、仮にも古伊万里を雑に扱うなんてあり得ないって……！」

それは、晃が言った通り沙良との間ですでに終えた話題だったが、伊原の言葉を聞いた途端、澪の中でふと、ずっと拭えなかった小さな違和感の正体がわかった気がした。

世間的な価値云々はともかく、少なからず焼き物に興味を持つ人間が、いくら好みでなくとも、棚の上の雑多な品々の中に古伊万里を放置するのはやはり変ではないかと。

――そのとき。

「ねえ、思うんだけどさぁ、……その飾り棚のサイズ、こっちの古伊万里の方が合ってそうじゃない？」

ふと伊原が疑問を呈し、澪たちは一斉に飾り棚に視線を向けた。

よく見れば、中の棚は細かくサイズが調整できるような構造であるにも拘らず、ずいぶん低い位置で固定されている。

そのせいか、大皿の上部には、不自然なスペースが空いていた。

「確かに、高さはそっちの古伊万里の方が合ってそう」

同意する晃に続き、沙良も頷く。

「でしたら……、以前はここに古伊万里を飾っていたのかもしれませんね。違うお気に入りを入手し、入れ替えたのでしょう」

「……いや、ちょっと待って。一度でもコイマリを大切に飾ってたなら話が違ってくるよ。その場合は、伊原さんが言う通り、あの扱いはおかしい気がする」

「こちらの丸皿が、それくらい、群を抜いて大切なものであるとは考えられませんか」

「群を抜いてって、伊原さんが知ってるくらい超有名なコイマリの価値が、温泉のペナントと同列に落ちる程に？　そんなすごい作品を、焼き物に詳しい宮川さんが知らないなんてことある？　僕から見れば、この皿はせいぜい五千円くらいにしか見えないけどね」

「ですから、価値観は人それぞれだと……」

「さすがに世の中の価値を無視しすぎでしょ。そこまでいくと、もうこの丸皿の作家を崇拝してるとしか思えないよ」

「芸術は奥深いものです。私は、崇拝している可能性もあると思いますが」

「いや、絶対にないとは言わないけどさぁ……」

二人の応酬が続く中、澪は密かに、沙良が口にした「崇拝」という言葉に胸騒ぎを覚えていた。

なぜなら、その言葉が当てはまるような、人の価値観を大きく変える現象が世の中に存在することを、澪は過去の経験からよく知っているからだ。

「崇拝……」

なかば無意識に呟くと、三人の視線が同時に澪に向いた。

「澪ちゃん？」

晃から心配そうに見つめられ、澪はゆっくりと口を開く。

「それって、……宗教絡みじゃ、ないよね」

誰かが否定してくれることを期待したけれど、途端に張り詰めた空気が、皆の思いを物語っていた。

わずかな沈黙の後、伊原がぐったりと肩を落とす。

「……いや、ぶっちゃけ、あるかもしれない。宗教って言っても、いわゆる〝壺とかを買わされる系〟のやつのことでしょ……？」

口に出された瞬間、すべて腑に落ちた気がした。

エイミーの両親は、床の間の花器やチェストの丸皿を自身が崇拝する誰かから購入し、だからこそ特別扱いをしている可能性があると。

「要するに、霊感商法に引っかかってる説？」

晃が即座に反応するが、伊原は曖昧に首を捻った。

「どんな宗教を信じようが別に自由だし、買わされたって決めつけるのは良くないかもしれないけど……、もしこれが超高額だったとしたら、ちょっと邪推しちゃうよね」

「いや、邪推してないでエィミーちゃんに教えてあげなよ」

「それもそうなんだけど、古伊万里を無下にするくらい崇拝してる人間が、たとえ娘の話でも耳を傾けるかどうか……。家族関係が悪化する可能性もあるしさ……」

「誰目線でなんの心配してんの。家族にでもなる気？」

「いや、……うん、やめておこう。まだわからないけど、宗教云々だとすれば、中途半端に首を突っ込まないに限る。……俺は、なにも見なかったことにする」

「逃げた……」

「……ってわけで、調査調査」

晃はすっかり呆れていたが、澪は内心、伊原の「宗教云々だとすれば、中途半端に首を突っ込まないに限る」という言葉に同意していた。

なにせ、ただでさえセンシティブな問題であり、そもそも、まだ詐欺であると判明したわけではない。

「そう、ですね。……とりあえず、私たちは依頼されたことをやりましょう」

澪がそう言うと、沙良が申し訳なさそうに視線を落とした。

「すみません、私が余計なことに引っかかってしまったせいで」

「全然余計じゃないよ。正直、かなり気になるし。ただ、安易に手を出し辛い問題だってだけで」

「ありがとうございます。……では、調査に集中します」

「じゃ、僕も機材の準備しよっと」

切り替えの早い晃は、すでに興味を失った様子で客間へ向かう。

澪もその後に続きながら、微妙に拭いきれないモヤモヤを、無理やり胸の奥へ仕舞い込んだ。


ふたたび想定外のトラブルが起きたのは、二十一時過ぎのこと。

拠点としたリビングに機材をセッティングし終え、客間と縁側に一台ずつ小型カメラを設置した後、澪たちは時間をやや持て余していた。

というのは、すっかり日が落ちてもなお、些細な気配すら感じ取れなかったからだ。

もちろん、調査において、こういう展開は珍しいことではない。

ただ、晃はこの家の写真を見たときから期待を膨らませすぎていたらしく、霊障が起こるどころかノイズひとつ走らないモニターの監視にうんざりしたようで、ついには伊原とともに拠点を離れて客間に入り浸っていた。

「この家、霊がわんさか出てきそうな見た目なのにさー……、肩透かしだったらほんとガッカリだよね。……ま、所詮伊原さんの依頼だし、そういう展開もあり得るとは思ってたけど」

「君ね、そういうことは普通、俺がいないところで言うものなんだよ」

「別に、伊原さんがいないところでも言ってるし」

「だったらいいや。……とはならないんですよ」

いつも通りの戯れ合いが始まり、澪はやれやれと思いながら膝の上のマメを撫でる。

――そのとき。

突如、縁側からガラス障子がバンと叩かれたように激しい音が響いた。

真っ先にビクッと反応したのは、伊原。

「な、なんか今、すごい音が……！」

部屋の空気が一気に張り詰めたけれど、マメは依然として膝の上で丸まっており、澪はすぐに違和感を覚えた。

「伊原さん、多分、今のは霊では……」

澪はひとまず伊原を落ち着かせようと、酷く怯える背中に手を伸ばす。――しかし。

「うわああ！　出たあああっ！」

伊原が叫びながらいきなり後退ってきたせいで、澪は後ろに突き飛ばされ、床の間の柱に思い切り後頭部をぶつけた。

「いっ……」

「澪先輩！」

沙良がすぐに寄り添い、痛みに悶える澪の背中を支える。

一方、すっかりパニック状態の伊原は、ガタガタと震えながら部屋の隅で小さくうずくまった。

「い、伊原、さん……、霊は、いません……」

場が混沌とする中、澪は座布団でガードする伊原にそう訴えかける。

しかし、伊原は聞く耳を持たず、震える手で縁側の方を指差した。

「ななに言ってんの！　あれ！　あれ見て！　あれ！」

「はい……？」

「外！　縁側の外！　窓！」

必死な形相で訴えられ、澪はまだ後頭部の痛みの余韻を引きずったまま、渋々縁側に視線を向ける。——瞬間、思わず息を呑んだ。

なぜなら、庭に面したガラス障子の下にある雪見窓から、大きな目が中を覗き込んでいたからだ。

外は暗いが、部屋から漏れた明かりに照らされた眼球が、ぎょろぎょろと動いている。

「っ……！」

あまりの怖ろしさに、声にならない悲鳴が零れた。

しかしどう考えても霊の気配はなく、澪は理解が追いつかないままただただ硬直する。

すると、そのとき。

「あのさ……、言い辛いんだけど、アレなら僕にも見えてるよ……？」

晃が雪見窓をまじまじと見つめながら、ふいに口を開いた。

それは、やはり霊ではないという、なによりも説得力のある言葉だった。

なにせ、晃に霊感がまったくないことは、これまでに十分すぎる程証明されているからだ。

「って、ことは……」

途端に冷静になり、代わりに込み上げてきたのは、嫌な予感。

しかし考える隙もないまま、ふたたびガラス障子を叩く音が大きく響き渡った。

「おい！　開けろ！」

聞き覚えのある叫び声が聞こえ、澪たちは顔を見合わせる。そして。

「エイミーさんの……」

「お祖母様、ですね」

答えが出た瞬間、全員がぐったりと脱力した。

「僕にも視えるようになったのかと思って、一瞬期待しちゃったわ」

晃がブツブツと文句を言いながら、縁側へ行ってガラス障子の鍵を開ける。

すると、エイミーの祖母は待ちきれないとばかりに隙間から体を捩じ込ませ、縁側に上がると全員を順番に睨みつけた。

「ど、どうされました……？」

澪がおそるおそる尋ねると、エイミーの祖母は険しい表情を浮かべたまま、手に持っていたハタキを掲げる。

「掃除をしに来た」

「は、はい……？」

「掃除だ」

「い、今から、ですか……？」

まさかの発言に全員が動揺する中、エイミーの祖母は質問には答えず、早速ハタキを振り回しながらリビングへ向かっていった。

「ちょ、ちょっと待って！　機材があるから！　埃は大敵だから！」

慌てて後を追う晃を目で追いながら、澪は、これではとても調査どころではないと天井を仰ぐ。

「伊原さん……、調査を依頼するんだったら、もっとちゃんと話を通しておいてくださいよ……」

文句を言うと、伊原はいまだ恐怖の余韻から抜けきれない様子で、手の甲で額の汗を拭った。

「いやいや……、こんなことになるなんて、誰が予想できるのよ……」

「でも、これじゃ霊なんて出ません……」

「わかってるけどさぁ」

不測の事態への耐性が高そうな伊原にとっても、いきなり人が乗り込んでくるなんて、さすがに考えもしなかったのだろう。

澪は心から困惑しつつも、かつてない程の動揺を見せる伊原が不憫でもあり、これ以上不満を零す気にはなれなかった。

するとそのとき。

「薄々わかってはいましたが、エイミーさんのお祖母様は、やはり我々のことが信用しきれず、見張ってらっしゃるのでしょうね」

ぽつりと呟いたのは、ひとり冷静な沙良。

途端に、伊原が不本意そうに眉根を寄せた。

「見張られてるってのは、ちょっと納得し難いなぁ……。元は、エイミーちゃんから厚い信頼をおかれている俺が、本人からのたってのお願いで来たって話を信じたからこそ、家の中に入れたわけでしょ？　なのに、こんな時間に押しかけてまで見張ったりする？　単純に、管理を任されてる身として、いつもの習慣通り掃除がしたいだけなんじゃないの？」

伊原はどこか気分よさそうに誇張して語るが、沙良は小さく首をかしげる。

「ですが、お孫さんの知人であると納得されているならなおのこと、こんな時間に掃除などするものでしょうか」

「そ、それは」

「気になることは他にもあります。先ほど、エイミーさんのお祖母様はハタキを使っておられましたが、古伊万里を拝見したときには、リビングのチェストにはしっかりと埃が積もっていました。掃除が習慣ならば、そんなことはあり得ないかと」

「……」

「さらに、庭でお会いした際には手に鎌を持ってらっしゃいましたが、庭に除草された痕跡は――」

「わ、わかったわかった！　俺らは信用されてないし怪しまれてる！　なにもかも、シャンパンを入れるのをケチってた俺のせいだ！」

「伊原さん、論点が変わっています」

「とにかく、もっと頑張ればいいんだ！　俺が！」

伊原がおかしな被害妄想で悲観する中、澪は、埃や雑草の件に違和感を持った沙良の観察力に感心していた。

エイミーの祖母に関しては、インパクトが強すぎるあまり奇行すら自然に受け入れていたけれど、普通に考えれば、仮にも客人が滞在中に掃除を始めるなんて、常軌を逸している。

となると、いきなり始まった掃除は、沙良の推測の通り澪たちを見張るための口実であるとしか思えなかった。

「……そんなに信用できないっていうなら、やっぱりエイミーさんに直接確認してくれたらいいのに……。その方がスッキリすると思いますけどね……」

込み上げるままに愚痴ると、伊原が小さく肩をすくめる。

「どうせ、仲が悪いんでしょ。あの婆さん怖いし強引だし、若い子と会話が嚙み合うとはとても思えないし、おおかた、確認を取りたくても、無視されてるんじゃない？　なにせ、彼女は俺の電話だって取らないんだから」

「伊原さんの電話はともかく、気軽に連絡を取り辛い関係性っていうのは、確かにありえそうですね……。それに、もしエイミーさんの許可云々はどうでもよくて、他人がこの家に泊まってること自体に不満があるのだとすると、連絡を取ったところで喧嘩になるだけでしょうし」

「それは、そうかも。……俺なら絶対無視する」

澪たちがそうやっていろいろと想像を膨らませる間、隣のリビングからは、時折大きな物音と晃の叫び声が響いていた。

そろそろ晃に加勢してやらねばと思うものの、調査がままならないせいで立ち上がる気力もなく、澪はそのまま壁に背中を預ける。

「……隣、どうする？」

伊原も同じことを考えていたのか、尋ねておきながらまったく動こうともせず、澪にチラリと視線を向けた。

「どうって言われましても」

「彼を生贄にして、一旦落ち着く？」

「さすがにそれは。……って、思うんですけど」

「……疲れたよね。なんか」

その言葉を最後に、部屋を沈黙が包む。――そして。

「ここはひとまず邪魔をせず、お祖母様には気が済むまでお掃除をしていただき、その後に改めて仕切り直した方が、効率が良いような気がしますね」

沙良の提案に、澪と伊原はただ無言で頷いた。

「――最っ悪なんだけど」

その後、エイミーの祖母は澪たちがなにも言わなかったことが幸いしてか、一時間程でようやく自宅へと帰って行った。

一人機材を守っていた晃は、解放されるやいなや客間にやってきて、開口一番伊原を責め立てる。

「お、俺……？」

「俺？　じゃないよ！　そもそも伊原さんがちゃんと根回ししないから、こんなことになってるんじゃん」

「それはほら、澪ちゃんからも散々言われたけど、予想しようが……」

「だとしても、僕にお祖母さんを押し付けてゴロゴロしてる意味がわかんない。調査の手伝いもできないくせに、マジでなにしに来たの？」

「わ、悪かった。確かにその通りだ。……ただ、俺、あの人苦手っていうか」

「むしろ得意な人なんている？　だいたい伊原さんは――」

「こ、晃くん……、ごめんね、全部任せちゃって……」

怒りの矛先が伊原ひとりに向いていることが申し訳なく、澪が咄嗟に割って入ると、晃はようやく勢いを収めた。

「いや、澪ちゃんはいいよ。調査にかかる負担は、澪ちゃんが圧倒的に大きいんだから。どうせ、お祖母さんの気が済むまで放っておこうっていう算段だったんだろうし。実際、思ったより早く帰ってくれたわけだし」

「それでも、本当にごめん。圧がすごすぎて怯んじゃって、……どうしても、動けなかったというか」

「マジで、超怖かったよ？」

「……ってか君、算段がわかってたならなんで俺を責めるの」

「伊原さんは、矢面に立つべきだって言ってんの」

「すみません」

この期に及んで文句を言う伊原を一蹴し、晃はようやく客間に腰を下ろす。

そして、そのまま倒れ込むように畳に寝転がった。

「あー……、埃を吸いすぎて、なんか気持ち悪い。体の中全部洗い流したい」

「かなり豪快に掃除してたもんね……」

「掃除って言うけど、あんなの逆効果だよ。あっちこっちの部屋を動き回ってハタキを振り回してるだけなんだから」

「動き回ってたの？　リビングだけじゃなくて？」

「僕は機材を守ってたからずっとリビングにいたけど、あの人は玄関やらキッチンやらいろいろ行ってたよ」

「……そう、なんだ」

ふと、なにかが引っかかった気がした。

澪たちを見張りたいだけなら、他の部屋まで行く必要があるだろうかと。

ただ、エイミーの祖母にとってここは身内の家であり、いちいち疑問に思う程不自然でもないかと、澪は口に出すのを躊躇う。そして。

「とりあえず……、調査をはじめよっか。図らずも、いい感じの時間になってきたし」

晃のひと言を機に、澪は結局すべてを呑み込み、頷いてみせた。

時刻は、二十三時前。

晃が言った通り、調査を始める時間としてはちょうどよく、澪は早速客間の壁際に座り、沙良とともに霊が現れるのを待つ。

晃と伊原はリビングへと移動し、ようやく普段の調査の様相を呈した。

しかし、相変わらず、周囲にそれらしき気配はない。

マメもまた、部屋の隅に積まれた座布団の上で丸くなり、耳ひとつ動かす様子はなかった。

そして、なにごともないまま、一時間。

滅多にない程の肩透かしに緊張感がみるみる緩んでいき、澪はふと、次郎のことを思う。

相変わらず休みが多いが、家のゴタゴタの方は大丈夫なのだろうかと。

聞いたところで話してくれないだろうと思いつつも、澪は携帯を取り出し、状況報告に使っているメッセージ画面を開いた。

ただ、今日のやり取りを改めて読み返してみると、次郎からの返信は、ほとんど「了解」というたった二文字のみ。

普段以上の簡潔さから忙しいことは明らかであり、メッセージを送る気持ちがすっかり削がれてしまった。

「……たいしたことないといいけど」

なかば無意識に呟くと、隣に座る沙良がチラリと澪に視線を向ける。

「長崎さんのことでしょうか」

一応疑問形でありながらも確信めいた声に、澪は思わず苦笑いを浮かべた。

「……鋭いなぁ」

「最近はよくお休みを取られていますし、澪先輩はきっと心配していらっしゃるだろうと思っていましたから。ご本人からは、家庭の事情だと伺っておりますが」

「うん。私もそう聞いてる。でも、次郎さん家の家庭の事情って、なんだか壮大そうで……」

「そうですね……。下世話な予想で恐縮ですが、長崎さんのご実家は巨大グループですから、さしずめ後継者問題かと」

「……やっぱ、そう思うよね」

「避けて通ることのできない問題でしょうし」

想像通りの答えが返ってきて、澪は小さく俯く。

改めて考えてみても、吉原グループは世襲によって引き継がれてきた上、現在もグループ企業の上層部のほとんどが血縁者であるため、後継者問題が浮上したときは、次郎が巻き込まれないなんてことはまずない。

そして、万が一、次郎がグループを継ぐとなった場合、次郎あっての第六が存続できるとは思えなかった。

そこまで考えたとき、――ふと、澪に権限を与えたのは、いずれ自分が去ることを見越した上で置いた布石のひとつではないだろうかと、もっとも考えたくなかった推測が頭を過る。

「……いや、そんなの無理だよ……、あの人の役割を全部割り振れるはずない……」

思いついたまま口から零れてしまい、沙良が心配そうに瞳を揺らした。

「澪先輩……？」

「……ご、ごめん、つい、ひとり言が……」

無理やり誤魔化したものの、不安はみるみる広がる一方で、澪は表情を繕うことすらできずに俯く。

そのとき。

『──澪ちゃんは、なにが一番不安なの？　吉原家で本当に後継者問題が起きていたとしたら』

突如、イヤホンから晃の声が届いた。

「え……？　なに、って」

『第六がなくなるんじゃないか……みたいな？』

「それも、もちろん考えるよ……」

『まあね。じゃあ、あとは──、部長さんが手の届かないところにいっちゃうかも……！　みたいな？』

「…………」

なにを言っているのだ、と。いつもなら即座に反論するところで言葉に詰まってしまったことに、澪が一番戸惑っていた。

イヤホンから、小さく笑い声が聞こえる。

『わかりやす』

「ち、違うって……！　急に変なこと言うから、びっくりしただけで……」

『そういうことにしといてもいいけどさ』

「しとくもなにも、そういうことだから！」

『ちなみに、そういうことなら別に不要な情報かもしれないけど、大丈夫だよ』

「へ……？」

『澪ちゃんが心配してるようなことは、ないから』

「……」

『絶対に、ない』

あんなに否定したにも拘らず、自信満々な晃の言葉に、ほっとしてしまっている自分がいた。

「……どうして、そんなに言い切れるの」

誤魔化すことすら忘れて問い返すと、晃は可笑しそうに笑う。

『あ、やっぱ図星なんだ？』

「そ、そうじゃなくて、……そこまではっきり断言されたら、普通は根拠が気になるでしょ……！」

『ま、それもそうか。でも、これ以上は内緒』

「……」

たちまちもどかしさが込み上げたけれど、必死だと思われたくないというプライドが邪魔し、それ以上問い詰めることができなかった。

ただ、わざわざ内緒と言うからには、次郎との間に、晃が確信するに至るなんらかの会話や出来事があったのだろうと澪は思う。

二人がコソコソ話している姿はあまり見かけないが、晃も次郎も吉原不動産への出入りが多く、そこでなにかがあったのかもしれないと。

すべてはただの妄想でしかないが、そう考えると、不安がスッと凪いでいくような心地がした。

自分は本当に単純だと思いながら、澪はゆっくりと息を吐く。

途端に、全身からどっと力が抜けた。

それと同時に急な眠気が込み上げ、今日は慣れないことの連続で疲れたせいだろうかと思い返しながら、澪は瞬きを繰り返して必死に抗う。

しかし、ふと横を見ると沙良もなんだか眠そうにしていて、その表情に釣られるかのように、思考がさらに曖昧になった。

せめてもの抵抗にと、澪は座布団の上のマメを抱き上げて膝の上に乗せる。――けれど。

「もし、……寝ちゃったら、起こして――」

言ったそばから酷い眠気に襲われ、あっという間に意識を奪われてしまった。

最後に記憶しているのは、埃の匂いに紛れてほんのかすかに漂う、不思議な香り。

なにかが変だと小さな違和感を覚えながらも、澪にはもう、どうすることもできなかった。

目覚めたのは、午前二時を回った頃。

マメに頬を舐められる感触がして目を開けると、最初に視界に入ったのは、暗い中にぼんやりと光る常夜灯の明かりだった。

辺りは静まり返っていて、聞こえてくるのは、マメのかすかな息遣いのみ。

ずいぶん深い眠りに落ちていたのだろう、自分がどこにいるのか、なにをしていたのかを思い出すまで、しばらく時間が必要だった。

視線を彷徨わせると、すぐ横にあったのは、壁にもたれて眠る沙良の姿。

それを見た途端、今は調査中だったと、にも拘らず爆睡してしまったのだとようやく理解し、思考が一気に覚醒した。――しかし。

「晃くん、ごめん……！　いつの間にか寝ちゃってて……」

慌ててイヤホンに語りかけたものの返事がなく、澪は眉を顰める。

「晃くん……？」

もう一度名を呼んでも、やはり反応ひとつなかった。

晃も眠ってしまったのだろうかと一度は考えたものの、夜型の晃が、しかも大好きな調査中に眠るなんてあり得ない気がして、途端に嫌な予感を覚える。

澪はひとまずリビングを確認しに行こうと、慌てて立ち上がった。――けれど。

突如体が硬直し、澪の体はまるで物のように畳の上へと投げ出される。

『グルル……』

同時に、マメが低い唸り声を上げはじめ、すぐに、これは金縛りだと察した。

ただ、昨晩からいっさい予兆がなかったぶん動揺を抑えられず、澪は込み上げる恐怖に抗いながら、唯一動く目で周囲を確認する。

体を動かせないぶん視界は狭いが、澪の体勢から見えるのは、縁側と、雪見窓越しの庭の様子。

一見するとなんの変哲もない光景だが、澪はそのときふと、どこからともなく伝わってくる、極めて異様な気配の存在に気付いた。

『グルル……』

マメも勘付いているようだが、方向を特定できないようで、澪の前に立ちはだかったまま忙しなく視線を彷徨わせている。

そんな中、部屋の気温が急激に下がりはじめ、吐く息はあっという間に白くなった。

奇妙なのは、ポケットにあるはずのお札が、金縛りはもちろん霊障に対していっさい効果がないこと。

イギリスの調査ならそれでも納得がいったが、日本でそんな経験はほとんどない。

ふいに頭を過ったのは、もしかして、ここに出る霊は、自分たちが想定していたよりもずっと怖ろしい存在なのではないかという推測。――そのとき。

庭の方から突如、ガサ、と草を踏むような音が響いた。

特別珍しい音ではないけれど、それを耳にした瞬間、全身にゾッと悪寒が走る。

『ワン！　ワンワン！』

即座にマメが庭に向かって威嚇するが、依然として身動きが取れない澪には、ただただ目を凝らして外の様子を窺うことしかできなかった。

そして、――雪見窓の右端で白い影がゆらりと動いたのは、その直後のこと。

澪の心臓が、ドクンとひときわ大きく鼓動した。

それも無理はなく、まだ姿が明らかになっていないにも拘らず、肌で感じる気配が、これまでに出会ってきた霊と比べて明らかに異質だったからだ。

なにより、気配から放たれる感情のようなものが、無念を抱えた霊たちが纏う禍々しさとはまったく違っていた。

あえて言葉にするならば、焦りや、戸惑いや、恐怖心のような。

いったいどういう霊なのだろうという疑問が込み上げる中、白い影は庭をゆっくりと移動し、澪の視界の正面あたりでぴたりと動きを止める。――かと思えば、そのままガクンと姿勢を下げ、真っ赤に血走った目が、雪見窓越しに澪を捉えた。

「っ……」

あまりの恐怖に、声にならない悲鳴が零れる。

霊はそんな澪をまっすぐに見つめ、目を大きく見開いた。

その反応から、この霊は自分を目的としているようだと澪は察する。おそらく、訴えが通じることを、気配から感じ取ったのだろうと。

それを裏付けるかのように、突如、霊の正面にあったガラス障子が、ピシャンと激しい音を響かせ開け放たれた。

ようやく露わになった霊の姿は、白い着物と、腰まである乱れた長い黒髪が特徴的な、ずいぶん古い時代を感じさせる佇まいだった。

そんな場合ではないとわかっていながら、澪の脳裏にふと、晃が口にしていた「ジャパニーズホラー」という言葉が過る。

ただし、古い時代から長く彷徨う霊だとするならなおのこと、禍々しさの薄いその気配に、どうしても違和感を感じずにはいられなかった。

しかし、そんなことを考えている間にも、霊は枯れ枝のように細い手足を動かしながら、縁側へゆっくりと膝をつき、澪の方へと迫ってくる。

着物の裾が畳に擦れる音がザラリと響くたび、澪の心臓はさらに鼓動を速めた。

『ワンワン！　ワン！』

マメが牙を剝き出しにして威嚇するが、霊はまったく怯みもせず、あっという間に澪のすぐ目の前へと接近する。

間近から見た霊の表情はゾッとする程冷ややかだったけれど、小刻みに揺れる眼球の奥には、なんらかの切実な思いが滾っているような気がした。

身動きが取れない恐怖に吞まれそうになりながらも、澪はその感情の正体を読み取ろうと、まっすぐに向けられた目を見つめ返す。

けれど、伝わってくるのはやはり、とりとめのない恐怖心や漠然とした不安のような、曖昧なものばかりだった。

やはり対話をしなければ難しいと、硬直した体にもう一度力を込めたものの、指先ひとつ動く気配がない。

むしろ、抗おうとすればする程に、全身が痺れるような感覚を覚えた。

しばらく澪を見つめていた霊が、ふいに、澪に向かってゆっくりと片腕を伸ばす。

爪がボロボロに朽ちた指先が目の前に迫り、心臓がみるみる鼓動を速めた。——そのとき。

かたや、霊の表情や気配にはとくに変化がなく、それがかえって不気味だと澪は思う。

たとえばイギリスで対峙したミラのような苛烈な怒りでもあればわかりやすいが、この霊はいわば、それとは真逆だった。

やがて、霊の指先はじりじりと迫り、澪の喉元でぴたりと止まる。

頭に浮かんだのは、このまま首を絞められ、呼吸を奪われるのではないかという恐怖。

そして、——ついに、首に冷たい感触を覚えた、瞬間。

突如全身に電流のような衝撃が走り、目の前が真っ白になった。

混乱の最中、真っ先に考えたのは、霊の意識に引き込まれてしまったのではないかということ。

澪はそれをもう何度も経験しているし、なんらかの訴えを持つ霊ならば、十分あり得ると思ったからだ。

しかし、思いの外すぐに視界が開け、澪の目の前に広がっていたのは、さっきとなんら変わらない縁側の風景だった。

「どう、して……」

込み上げた疑問は声になり、金縛りが解けたことを察した澪は即座に体を起こすが、周囲を確認しても、霊の姿はもうどこにも見当たらなかった。

マメもまた、戸惑った様子で辺りをウロウロした後、澪を見上げて首をかしげる。

「消えた、よね……」

わけがわからないまま呟くと、ふいに、ポケットのお札がカサッと音を立てた。

なんだか意味深に感じて取り出してみると、お札自体に変化はないものの、表面が微妙に熱を持っており、澪は眉を顰める。

「さっきのって、もしかしてお札の効果ってこと……？」

釈然としないのも、無理はなかった。

状況的にはそう考えるのが自然だけれど、金縛りにはまったく効かなかったお札が、霊に触れられた途端に効果を発揮するなんて、前例がないからだ。

とはいえ、今考えてもわかる気がせず、澪はふたたびお札をポケットに仕舞う。――そのとき。

「澪、先輩……」

背後から名を呼ばれて咄嗟に振り返ると、ぐったりと壁にもたれたまま、苦しそうな表情を浮かべる沙良の姿があった。

「沙良ちゃん……！」

慌てて傍へ行き背中を撫でると、沙良は大丈夫だと言いたげにゆっくりと頷いて見せる。

「なんだか……、おかしかった、ですよね……」

「……見てたの？」

「霊が消える、少し前に、目覚めたのですが……、金縛りが」

「沙良ちゃんも……？」

「ええ、……それより、さっきの霊、なんか、変です……」

「わかってる。……でも、まずは一旦落ち着いて。あとで話そう」

「……すみ、ません」

沙良は頷くと、金縛りの感覚に慣れないのだろう、手のひらを握ったり開いたりしながら感触を確かめていた。

澪はその姿を見て、ひとまずほっと息をつく。

しかしそれも束の間、今度は晃たちのことが頭を過り、慌てて立ち上がった。

「ちょっとリビング見てくるから、待ってて……！」

澪は沙良にそう言い残すと、急いで隣のリビングへ向かう。

晃から応答がなかったときの不安を思い出すだけで、ほんの数メートルの距離がやけに長く感じられた。

「晃くん！　伊原さん！」

澪は縁側からリビングを覗き込むやいなや二人の名を叫ぶ。

すでに最悪なことまで想像していたけれど、澪の目の前に広がったのは、二人がソファにもたれてぐっすりと眠る光景だった。

伊原はいびきまでかいており、澪の肩からどっと力が抜ける。

「よかった……、けど、どういうこと……？」

もちろん、違和感はあった。

やはり、晃が調査中に眠るなんてあまりに奇妙だからだ。

ただ、そのときは安心感の方がずっと勝っていて、澪は晃の横に膝をつくと、その肩にそっと触れた。

「晃くん……？」

名を呼ぶと、瞼がぴくりと動き、ゆっくりと目が開く。

そして、しばらくぼんやりと澪を見た後、ガバッと上半身を起こした。

「ええっ……！」

わざわざ聞かずとも、言いたいことはその反応がすべて物語っていた。

おそらく、意図せず眠ってしまったのだろうと。

現に、晃はなかなか状況が理解できないのか、呆然とした表情で瞬きを繰り返していた。

「無事みたいで、よかったよ……」

ひとまずそう声をかけたものの、晃はまったく釈然としない様子で眉を顰める。

「僕、今まで眠ってたの？　意識が飛んだときの記憶が全然ない……」

「霊障が原因のときは、いつもそんな感じだけど……」

「霊障だとしても、霊感のない僕がそこまで顕著に影響受ける？　気温が下がるみたいな、部屋全体に影響があるものならともかく。なんだか、催眠術にかけられたみたいな感覚だわ……」

「催眠術……」

その表現は、確かに的を射ていた。

数々の霊障を経験してきた澪からしても、今回、意識が曖昧になったときの感覚は、少し妙だったからだ。

強引に意識が奪われるというよりは、やたらと強い眠気に襲われたかのような。

ただ、普段との違いを語るのならば、澪としては、それ以外にもずっと気になることがあった。

「そういえば、さっき現れた霊も、なんだか変で……」

呟くと、晃は大きく目を見開く。

「え！……出たの？　ちょっと待って、先にざっと映像確認するから」

晃はそう言うと、即座にパソコンを操作し、動画の確認をはじめた。

その後間もなくディスプレイに映し出されたのは、縁側に侵入し、澪に迫ってくる霊の様子。

「やば、本当に映ってる……！　こんなときに寝ちゃうとか、僕なにしてんだろ……。ってか、黒髪に白い着物って、典型的な日本の幽霊じゃん……！　この人、いつの時代から彷徨ってる霊なんだろう……！」

晃は次第に声色に興奮を滲ませながら、その姿に見入る。

そのとき。

「――さほど、古い時代の霊ではないような気がします」

いつの間にか縁側に立っていた沙良が、そう呟いた。

「沙良ちゃん！　もう平気なの？」

「ええ。ご心配をおかけしました」

澪は慌てて立ち上がり、沙良の手を引いてソファに促す。

晃は話の続きが待ちきれないとばかりに、沙良を見上げた。

「ってか、古い時代の霊じゃないってどゆこと？　この見た目で？」

「見た目はともかく、長く彷徨う霊はもっと纏う空気が重々しくなるものです。また、歴史が長い霊程あのように自ら動き回らず、静かに留まっていることが多いような認識があります」

沙良が口にしたのは、澪が霊を前に感じた違和感と同じだった。

ならば勘違いではないと、澪は改めて、霊が現れたときのことを思い返す。

「私も、そこに引っかかってるんだよね……。伝わってきた感情も、恨みや無念とかとは違ってたし……」

「そうですね。また、溝口さんもおっしゃっていましたが、意識が一気に奪われたときの感覚にも違和感がありました」

「沙良ちゃんも？……あと、お札が効かないのかと思いきや、触れられた瞬間に消し飛んじゃったっていうのも、今考えたら意味がわからないし……」

「ちぐはぐですね」

まさに、ちぐはぐという表現がしっくりきて、澪は深く頷く。

すると、晃は動画のシークバーを弄びながら、怪訝な表情を浮かべた。

「つまり、まとめると……、ここに出るのは格好がそれっぽいだけの最近の霊で、深い無念があるわけじゃなく、かといって訴えたいことがないわけじゃなく、お札が効かないのかと思いきや最終的に消し飛ばしちゃうくらい効いた、イレギュラーな霊ってこと？」

「……そう、だね」

簡潔にまとめられると、より奇妙に思えた。

澪と沙良が顔を見合わせる中、晃はさらに言葉を続ける。

「それじゃまるで、下手なお化け屋敷じゃん。ルールを無視して作られた心霊現象、みたいな」

「作られた、心霊現象……」

おそらくそれは、一連の不可解な出来事を揶揄するつもりで口にした、とくに意味のない言葉だったのだろう。

しかし、作られた心霊現象という言葉を聞いた瞬間に、澪の脳裏には、忘れられない記憶が鮮明に蘇っていた。

それは、時を少し遡り、自分たちの周囲に仁明の存在を感じ始めた頃のこと。

澪と次郎は、仕込まれた虚偽の調査で西新宿のビルに向かい、建物内から出られなくなった上に木偶人形に追われるという怖ろしい体験をした。

その後、残された痕跡などを確認した次郎の考察により、数々の霊障も現れた木偶人形すらも、すべてが人の手によって仕込まれたものだと判明している。

澪はあのとき、悪意を持った人間の方が霊よりもよほどタチが悪いと、嫌という程思い知った。

「作られたとまではいかなくても、……もし、人の手がかかってるとしたら、この調査、思ったよりもやばいのかも……」

記憶とともに恐怖が込み上げ、思わず語尾が震える。

「澪先輩……？」

沙良が心配そうに瞳を揺らすが、もはや笑みを繕うことすらできなかった。——そのとき。

「……帰ろっか」

突如そう呟いたのは、晃。

「え？　今、なんて……」

普段の晃からはとても考えられない発言に、澪は一瞬幻聴すら疑ったが、晃はパタンとパソコンを閉じた。

「やばいって思うなら、調査なんかやめて帰ろ。正直、もう変なのに巻き込まれたくないしさ。……幸い伊原さんはまだ寝てるし、文句言われる前に決めちゃおうよ」

「………」

「なんで固まってんの」

「だって、まさか晃くんがそんなこと……」

「意外？　でもさ、正直僕、人が演出したものに興味ないんだよね」

「だけど、霊自体は偽物じゃないし……」

「人の手がかかってるってことは、霊も誰かに利用されてる可能性があるってことでしょ？　こっちがマトモに相手したら、もっと利用され続けるかもしれないよ？」

「それは……」

確かにその通りだと澪は思う。

これ以上深追いしないのが、もっとも正しい判断なのだろうと。

しかも、普段は一番ゴネそうな晃が言い出したのだから、中止の決断はすぐにでもできる。――けれど。

「それが一番いいと私も思う、けど……。さっきの霊を放置して帰るのは、ちょっと……」

必死になにかを訴えようとしていた霊の姿を思い返すと、澪には、首を縦に振ることができなかった。

晃はわかりやすく怪訝な表情を浮かべる。

「霊っていっても、ただ指示されただけの役者かもよ？」

「そんなに都合よく霊を操作できるとは思えないよ……」

「じゃあ、なにかの罠（わな）だったらどうする？　そもそもコレって伊原さんの案件だしさ。伊原さんって、顔が広い上に変な仕事ばっかしてるぶん、誰に恨まれてるかわかんないじゃん」

「だけど、伊原さんを陥れたいなら、なにも霊じゃなくても……」

「そりゃそうか。美人局（つつもたせ）の方がよっぽど確実っぽいしね。……でも、伊原さんはただ利用されただけで、もし本当の狙いが第六だったら？」

「…………」

もちろん、それが頭を過（よぎ）らなかったと言えば嘘になる。

第六は、仁明や占い師を追う中で図らずも多くの不穏なことに首を突っ込み、怪しい人間たちとも関わってきたため、誰かの恨みを買っていたとしても特別不思議ではないからだ。

けれど、それを加味してもなお、やはりこのまま帰るという決断はできなかった。

「せめて、あの霊がなにを言おうとしていたのかだけでも、知りたいんだけど……」

窺うように言うと、晃は大袈裟な仕草で頭を抱える。

「ここでその頑固さが出ちゃう？」

「ごめん……」

「……そりゃ、部長さんもいろいろ考えるよね」

「え？」

「なんでもない。じゃ、もう少しだけ続けよっか。その代わり、朝までになにもなかったら、もう諦めるってことでいい？」

「わかった……！」

「あと、もし霊にややこしいことを要求されたとしても、安請け合いしないでね」

「……そんな、ご近所トラブルじゃないんだから」

「似たようなもんだよ」

理由が理由だけに当然とはいえ、いつもは誰より調査に前のめりな晃がやけに慎重で、なんだか新鮮だった。

晃は閉じたパソコンをふたたび開くと、片耳にイヤホンを着けながら、伊原にチラリと視線を向ける。

「伊原さんは……面倒だからこのまま寝かせておこっか。でも僕がまた眠ったら最悪だから、二十分おきに目覚ましをセットしとくね。もちろん音は鳴らさないけど」

「晃くんも、無理しないでね」

「僕は平気。じゃ、時間がなくなるから始めよう」

「ありがとう……！」

澪はお礼を言うと、沙良と顔を見合わせ、ふたたび客間へと向かう。

客間の雰囲気はすっかり元通りで、すでに霊障の余韻ひとつなかった。

普段の調査なら、もう現れそうにないと諦めるような状況だが、なにもかも異例だったあの霊に経験則が通用するとは言い切れない。

なにより、不思議とそのときの澪には、また現れるに違いないという根拠のない自信があった。

澪はさっきと同様に、奥の壁側に沙良と並んで座り、縁側の様子を窺いながらただ静かに待つ。

澪がとくに注視していたのは、最初に霊が姿を見せた、縁側の右端の雪見窓。

もちろん今回も同じ行動を取るかどうかは不明だが、どこかに目線を定めていないと気持ちが落ち着かなかった。

しかし、そんな澪の思いに反して気配は一向に現れず、時刻はついに三時半を回る。

夜明けの時間も近付いており、じわじわと焦りが込み上げてきた。

「もう、出てこないのかな……」

つい不安を零すと、沙良が澪の背中にそっと触れる。

「あまり構えすぎないでください。もし出てこなかったときは、先ほどの霊は、澪先輩の手を借りる必要がないということだと私は思います」

「……そう、かな」

「ええ、きっと」

沙良の言葉に頷きながらも、どうしても澪の頭から離れないのは、霊の瞳の奥から伝わってきた切実な感情。

もちろん勝手な解釈でしかないが、必死に迫り来るあの姿からは、やっと話が通じそうな相手を見つけたとでも言わんばかりの、執着に似た焦りを感じた。

ひとたび考えはじめるとどうしても気になり、澪は小さく溜め息をつく。——そして。

「私なら、……解決してあげられるかもしれないのに」

なかば無意識にそう呟いた、——瞬間。突如、部屋の常夜灯がプツンと消えた。

即座にマメが姿を現し、辺りをウロつきながら忙しなく鼻を動かしはじめる。

これは明らかに霊が現れる前兆だと、澪は沙良と目を見合わせ、改めて雪見窓に視線を向けた。

「晃くん、起きてる……？」

『全然余裕。照明が落ちたね』

「うん……。月明かりがあるからそこまで暗くはないけど、……多分、もうすぐ、現れそうな気がする」

『了解』

晃の声に、わずかな緊張が滲(にじ)む。

ただ、そんな中、晃のずいぶんハッキリした口調に、澪は密(ひそ)かに引っかかるものを感じていた。

今回は、澪や沙良をはじめ、晃にもまったく眠そうな気配がないと。

霊障にまで統一性がないなんてありえるのだろうかと、澪の頭に改めて疑問が浮かぶ。

ただ、今はゆっくりと考えている場合ではなく、澪はひとまず首を横に振った。

やがて部屋の気温がじわじわと下がりはじめ、澪の鼓動も次第に速くなっていく。

けれど、依然として雪見窓からの景色に変化はなく、マメもまた、迷っているのか漫然と部屋中を動き回っていた。

「沙良ちゃん、平気……？」

尋ねると、沙良は小さく頷く。

「ええ。澪先輩、お札は持ってらっしゃいますよね」

「もちろん。金縛りには効かないけど、接触はできないみたいだから」

「……ですが、いろいろとおかしな現象ばかりですし、お札の効果もさっきとは違うかもしれません。油断しないでくださいね」

「確かに。……ただ、あまりに効きすぎても……」

語尾が曖昧になってしまった理由は、明白にあった。

お札の効果に関し、澪の中で、普段とは逆の懸念があったからだ。

さっきのように触れられた瞬間に消え去られてしまえば、対話どころではなくなってしまうと。

ふと、どうせ金縛りに効かないのなら、いっそお札を持たなくても――と、脳裏に軽率な思いつきが過る。

しかし。

『よからぬことを考えないようにね』

イヤホンから、まるで心を見透かされているかのような忠告が届いた。

「そ、そんな、よからぬことなんて」

『絶対考えてんじゃん』

「…………」

あまりに早すぎるツッコミに、澪はつい動揺する。

晃がやっぱりと言わんばかりの笑い声を零し、ほんのかすかに、緊張が緩んだ。――

そのとき。

ガコン、と。

頭上から、突如、不穏な音が響いた。

反射的に天井を見上げたものの、これといって気になるものはない。

ただ、まるで天井裏でなにかが動いているかのように、部屋のいたるところから、塵がパラパラと舞い落ちる音がしていた。

「上に……、なにか、いるかも……」

『え、上……？』

晃が困惑するのも無理はなく、セットしたカメラの画角に天井は入っていない。

そもそも、通常の霊は、自らの記憶と繋がる場所に執着するという性質上、人が立ち入りもしないような場所に現れるとは考え難いからだ。

やはり、なにもかもが普通ではないのだと、澪は改めて確信した——瞬間。

ガン、と大きな音が響くと同時に、天井板の一枚が外れ、畳の上に落ちた。

「きゃぁっ！」

まさかのことに思わず悲鳴が漏れ、心臓は破裂しそうな程に鼓動を速める。

一方、天井裏の物音は嘘のように止み、目の前では、舞い上がった大量の埃が月明かりに照らされ、鈍い光を放っていた。

「沙良、ちゃん……、大丈夫……？」

少し落ち着かなければと、澪は天井に視線を向けたまま沙良の手を摑む。

しかし、その手は酷く硬直し、小さく震えていた。

「沙良ちゃん……？」

慌てて視線を向けたものの、沙良は全身を強張らせたまま、身動きひとつ取れない。

これは金縛りだとすぐにわかったけれど、それと同時に澪は、自分が無事であることに違和感を覚えていた。

「晃くん……、今、沙良ちゃんだけ金縛りに……」

即座に晃に語りかけたものの、返事はない。

ただ、さっきとは違ってノイズひとつ聞こえてこず、どうやら霊障の影響で通信が途切れたらしいと澪は察した。

それは、普段の調査中なら頻繁に起こることだ。

とはいえ、ついさっき、晃が眠ってしまうという珍しいことが起きているだけに、不安を抑えることができなかった。

「晃くん……！」

隣の部屋なら叫べば聞こえるはずだと、澪はできる限り大声で晃の名を呼ぶ。

けれど、しばらく待っても反応はなかった。

そして。

『グルル……』

マメが唸り声を上げはじめたかと思うと、突如、天井板が外れた部分から、なにかがヌルリと姿を現す。

澪は硬直し、声すら出せないまま、ただただそれを見上げた。

月明かりの逆光で姿ははっきり見えないが、下に向かって垂れ下がる特徴的なシルエットは長い髪の毛に見え、——これはさっき現れた霊だと、澪は確信する。

それと同時に、自分だけが霊障の影響を受けない理由が、少しだけわかった気がした。

もしかすると、〝私なら解決してあげられるかもしれない〟という澪の呟きに、反応したのではないかと。

思い返せば、霊障が起こり始めたのもあの呟きのすぐ後だったからだ。

「……どうして、ほしいの」

澪は恐怖を無理やり抑え込み、ゆっくりと語りかける。

すると、霊はそれに反応するかのようにじりじりと動き、天井の隙間から徐々に姿を露わにしたかと思うと、やがて、ベシャンと気味の悪い音を立てて畳の上に落ちた。

『ワンワン！ ワン！』

即座にマメが威嚇するが、霊に怯む様子はない。霊はゆっくりと体を起こしたかと思うかといって澪に迫ってくるような気配もなく、そのまま両手で這うようにしながら縁側の方へ向かった。

「待っ……」

一瞬、晃たちの方へ向かうのではないかと焦ったけれど、澪が声を上げると同時にガラス障子がピシャンと開き、霊はそのままずるずると体を引きずりながら庭へと下りていく。

さらに、そのまま右側へ向かってじりじりと移動をはじめ、やがて視界から消える寸前、一度だけ動きを止め、雪見窓越しに澪にじっとりとした視線を向けた。

まるで、付いて来いとでも言わんばかりの仕草に、澪は戸惑う。

そのときふと頭を過ったのは、晃と話す中で浮上した、第六への恨みや罠などといった、数々の怖ろしい懸念。

行くべきではないのかもしれないと、心に小さな迷いが生まれる。――けれど。

「……沙良ちゃん、少し、待ってて」

澪は沙良の手をぎゅっと握った後、どうせこの先を知らずには気が済まないのだからと、なかば開き直りに近い気持ちで立ち上がった。

気付けば霊の気配はすでに薄くなりはじめていて、澪は晃たちの様子が気になりつつも、縁側の下の沓脱石に放置されたサンダルを借り、急いで庭に下りる。

途端に、季節にそぐわない冷たい風がひんやりと肌を撫でた。

体を摩りながら右側に視線を向けると、建物の角からかすかに確認できたのは、ゆらりと揺れる長い髪。

おそるおそる近寄ると、それはスルリと壁に隠れた。

やはり、誘われているのだと澪は確信する。

どこに連れて行かれるのかもわからず、恐怖や不安は一向に収まらないけれど、足元にはぴったりと寄り添うマメの姿があり、一緒だと思うと少し勇気が湧いた。

「……行こう」

澪はマメに語りかけて建物の角まで進み、こわごわ右側を覗く。

しかし、建物の側面は月明かりが届いておらず、数メートル先すら見通すことができなかった。

ただ、ずっと先の方から微妙に気配が漂っていて、澪はマメと顔を見合わせ、暗い中をゆっくりと進む。

そして、間もなくふたたび建物の角に差しかかったものの、建物の裏手には広い裏庭が広がっており、鬱蒼とした雰囲気が澪の恐怖をさらに煽った。

澪はそこで一度立ち止まり、霊の姿を探して視線を彷徨わせる。――すると。

『ア』

右側から、ほんのかすかに、女性の声が聞こえた気がした。

声を聞いたのは初めてで、おそらく、目的の場所が近いのだろうと澪は思う。

ふたたび足を進めると、やがて建物の壁面に勝手口が現れ、そのすぐ左手に、木造の小屋が見えた。

それは物置というよりは離れといった立派な様相で、見た感じ、母屋よりもずいぶん造りが新しい。

そのアンバランスさがなんだか気になり、澪はしばらくその佇まいを眺める。――そのとき、足元で、カランと乾いた音が響いた。

一瞬身構えたけれど、それ以降はなにも起こらず、澪は姿勢を低くし、音の元を探す。すると、小屋の戸の真下にぽつんと転がる、なにかのカケラが目に入った。

「なんだろう、これ……」

顔を近づけてみたところ、その独特の質感はどうやら陶器のようだが、ずいぶん細かく砕かれたのか、小指の先程に小さい。

意図はよくわからないが、突然現れたことがいかにも意味ありげで、澪は一旦立ち上がると、同じものがないかと辺りの地面をぐるりと見回した、――瞬間。

突如足首にひやりと冷たい感触を覚え、視線を落とすやいなや、思考が一気に真っ白になった。

『ワンワン！　ワン！』

威嚇するマメの声が響く中、澪の視線の先にあったのは、自分の足首を摑む細い腕。

小屋の内側から戸を突き抜けるようにして伸ばされたその腕は驚く程力が強く、振り解くどころかじりじりと引き寄せられ、バランスを崩した澪は地面に倒れ込んだ。

咄嗟に雑草を摑んだものの意味を成さず、ふたたび強く引かれた拍子に、体は小屋の戸に思いきり打ち付けられる。

「っ……」

全身に痛みが突き抜け、ふいに意識が遠退きそうになったけれど、澪は必死に耐えてポケットのお札を握った。

するとほんのわずかに、足首を締め付ける力が緩む。

ほっとする一方で澪の頭に浮かんでいたのは、さっきはお札を身に付けているだけで十分過ぎる効果があったのにという疑問。

ただ、その答えとして、澪にはひとつだけ思い当たることがあった。

「この中に、なにかが、あるの……？」

なにかとは、この霊に関する重要なもの。

いつだったか、澪は次郎から、霊とは自らに関わる物や場所の近くにいるとき程、気配も念の力も強まるという話を聞いたことがあった。

具体的には遺骨や遺品、他にも、命を落とした現場などがそれにあたると。

その言葉を思い出すと同時に、澪はこの小屋に対して言い知れない不穏なものを感じ、全身がゾッと冷える。

もしかすると、この先に怖ろしい秘密が待っているのではないかと考えたからだ。――しかし。

「逃げない、から……、放して……」

澪には、ここまできて今さら止めるという選択肢はなかった。

むしろ、自分の意思で調査を続け、もしこの霊に希望を持たせてしまったのなら、たとえなにが待っていようと知る責任があると考えていた。

すると、まるで澪の言葉に応(こた)えるかのように、足首を摑(つか)む力がスッと消える。

同時に、濃密に漂っていた気配も嘘のように晴れた。

澪はゆっくりと体を起こすと、心配そうに見上げるマメの頭を撫でてから一度深呼吸をし、引き戸の引手に指をかける。

けれど、それはビクともせず、よく見れば引手のすぐ下に鍵穴(かぎあな)があった。

「閉まってる……」

ある意味当然ではあるが、とはいえ簡単に諦(あきら)める気にはなれず、澪は携帯のライトで鍵穴を照らし、――ふと、奇妙なことに気付く。

「なに、この傷……」

まさにその呟(つぶや)きの通り、鍵穴は傷だらけで、よく見れば戸にも戸枠にも、無理やりこじ開けようとしたかのような乱暴な傷がいくつも残されていた。

しかも、傷の表面は荒々しくささくれ立っていて、どれもかなり新しい。

これはいったいどういうことかと、ひとたび考えはじめると不穏な妄想ばかりが浮かび、携帯を持つ手が震えた。――そのとき。

「澪ちゃん！」

突如名を呼ばれて視線を向けると、視界に入ったのは、慌てて駆け寄ってくる晃と沙良の姿。

晃は小屋の前まで来ると、ひとまず澪の無事に安心したのか、ぐったりと脱力した。

「ごめん、遅くなった……。なにせ、通信も映像も切れるし、客間に行ったら澪ちゃんがいないし、宮川さんは動かないし、ようやく霊障が消えた後に聞いたら澪ちゃんが霊を追って出て行ったとか言うし……！」

「ご、ごめん、必死で……。沙良ちゃん、体は大丈夫？」

「ええ、私は大丈夫です」

「よかった……」

「それより、今ってどういう状況？」

晃はまだ混乱している様子だったけれど、澪がライトで照らす小屋の戸に視線を向けるやいなや、なにかを察したように瞳を揺らす。

「まさか、この中に霊がいるとか？」

「霊はもう消えちゃったんだけど、多分、関係するものがあるんじゃないかって……。明らかにここに誘導されたし、さっきも中から手が伸びてきて……」

「それはそうと、この只事じゃない傷痕は？　澪ちゃんより前に、無理やり開けようとした人間がいるってことで合ってる？」

「私も、そう思ってたところなんだけど……」

改めて確認してみてもなお、傷の付き方は異常だった。

言い知れない不安が込み上げる中、晃は鍵穴や戸の隙間から中を覗き込みながら怪訝な表情を浮かべる。

「なんっにも見えないね。……とりあえず、伊原さんに許可取ってもらって、中を調べさせてもらわないことには知りようがないか」

「だけど、エイミーさんとは連絡つかないって」

「つけてもらうしかないじゃん。ただ、相手は実家に他人を上がり込ませて放置できるくらい適当な人だしなー……。興味を惹くなら、携帯のロック画面に表示されるよう、メッセージの冒頭に高いシャンパンの名前を入れるとか……」

「──鍵なら、ありますが？」

突如伊原の声がし、全員が視線を向けると、フラフラしながら近寄ってくる伊原の姿があった。

澪が慌てて駆け寄ると、伊原は具合が悪そうに頭を抱えながらも、ポケットから鍵を取り出す。

「伊原さん、それってまさか……」

「玄関の鍵の他に小さいやつがもう一本付いてるし、その小屋のやつじゃないの？」

「玄関の鍵と一緒に……？　誰かが必死に入ろうとするような場所なのに、いくらなんでも不用心すぎませんか……」

「そんなの知らないよ。どうせ倉庫かなんかだろうし、それくらいの扱いが普通でしょ」

「それが、ただの倉庫かどうかは……というか、伊原さんずっと寝てましたよね？どこから聞いてたんですか？」

今さらながら浮かんだ疑問を口にすると、伊原は頭痛が酷(ひど)いのか、頭を摩(さす)りながら口を開いた。

「通信が途切れるあたりで起きたんだけど、頭が重くて動けなかったんだよ……。なんとか追いついたと思ったら、鍵がどうのこうの言ってたから」

「そうだったんですね……。じゃあ、その鍵を試してみてもいいですか……？　それとも、先に許可を……」

「家は好きに調べていいって最初から言われてるんだし、鍵があるんだから別に構わないでしょ」

「……ありがとうございます」

本当は、伊原だけ異常に霊障の影響を受けていることも少し引っかかったけれど、今はそれどころではなく、澪は伊原から鍵を受け取ると、急いで小屋の前に戻る。

そしておそるおそる鍵を鍵穴に差し込むと、ガチャンと小気味良い音が響いた。

澪は一旦(いったん)皆と顔を見合わせ、ゆっくりと引き戸を開ける。

中は真っ暗だったが、両端にぼんやり見える棚のシルエットから、物置のような印象を受けた。

しかし、手にした携帯のライトを屋内に向けた瞬間、澪は思わず息を呑(の)む。

なぜなら、小屋の三和土仕上げの床の上に、異様な光景が広がっていたからだ。

「なに、これ……」

澪が絶句する中、晃は出入口付近の壁を手探りしながら、照明のスイッチを点ける。

全体が明るくなった途端、後ろから覗き込んでいた沙良や伊原も硬直した。

「これは、……魔法陣、でしょうか」

まさに沙良の呟きの通り、三和土には、円と星が組み合わさったような複雑な図形がチョークのような線で描かれていた。

さらに、星の角にあたる六箇所に、ひとつずつ壺のような陶器が置かれている。

「気持ち悪……」

伊原が率直な感想を呟く中、澪の頭を過っていたのは、やはりこれは首を突っ込んではいけない類のものだという確信。

途端に不安に襲われ体が強張るが、沙良は平然と中に足を踏み入れ、星の角に置かれた陶器のひとつをまじまじと見つめた。

「澪先輩、これは……」

名を呼ばれ、視線を向けた瞬間にドクンと心臓が揺れる。

なぜなら、沙良が見つめていたのは、薄茶に朱色の模様が描かれた、記憶に新しいものだったからだ。

たちまち、客間の床の間や、リビングにおいては古伊万里を除けてまで飾られていた光景が頭に蘇ってくる。

あのとき覚えた違和感を、澪は強烈に覚えていた。

「その陶器、やっぱりやばい代物だったんだね。どうせ高額で買わされたんだろうと思ってたけど、値段云々の問題じゃなさそう。もはやこれ、呪いの儀式じゃん……」

「…………」

まさに思っていたままのことを晃が口にし、澪の背筋にゾッと悪寒が走った。――そして。

「澪先輩、……この陶器から、気配を感じるのですが」

「気配……？」

「ええ。かすかに、念のようなものが」

「…………」

沙良からの報告により、澪の脳裏に怖ろしい仮説が浮かぶ。

これがもし呪いの儀式かなにかだとするなら、人の魂をその道具とし、六箇所の陶器に閉じ込めて利用しているのではないかと。

だとすれば、利用されている魂こそ、さっき現れた女の霊のものなのだろう。

さらに、そんな異常なことができる人間として、澪には強烈に思い浮かぶ存在があった。

それは忘れもしない、人の魂を込めた民芸品を使い、不気味な木偶人形を作って従わせていた、占い師。

　占い師は、澪たちが仁明の体を発見し解放したことで力の大部分を失っているはずだが、数々見せ付けられた異常な手段を思い返すと、無関係だとは言い切れなかった。

「まさか、これって……」

　どうしても続きを口にできず、語尾が震える。しかし。

「いやー、違うと思うよ」

　澪の考えを見透かすかのように、晃が首を横に振った。

「え……？」

「あの人なら、こんな即見つかるような場所でやばいことしないでしょ。あんなに派手に悪事を働きながら姿をいっさい晒さず、しかも衛星写真でないと見つけられないような山の中にトレーラーを運んで隠れてたような周到さだよ？　もはやルパンじゃん」

「それは……、確かに」

　晃の説明には説得力があり、澪は小さく頷く。わざわざ「あの人」とぼやかす言い方を選んでくれた晃の気遣いもまた、澪を冷静にさせた。

　ただ、占い師でないとすれば、他にもこういうことを思いつく人間がいるということになり、やりきれない思いが込み上げてくる。

「似たようなことを考える人、いるんだね……」

「もう、人間の所業じゃないよね」

「……とりあえず、あの霊を解放してあげないと」

澪はそう言って、ひとまず目の前の陶器を手に取った。

解放の仕方なんてもちろん知らないが、よく見れば陶器の口の部分は星形の記号が描かれた細い帯状の和紙で封印されており、澪は試しにそれを剝がす。

しかし、小屋に漂う気配には、とくに変化はなかった。

「澪先輩、他も同じように剝がしてみてはいかがでしょうか」

澪は沙良の提案に頷き、残り五つの陶器をぐるりと見回す。

すると、中のひとつに、すでに紙が剝がれかけているものがあった。

「あれだけ、取れかけてるね」

「ですね。湿気が酷いですし、勝手に剝がれたのでしょうか」

「勝手に……」

その言葉を聞いた途端に頭を過ったのは、この家に突然霊が出るようになったという、伊原から聞いた説明。

そのキッカケこそ、この和紙が剝がれたことではないだろうかと、澪の中にひとつの仮説が浮かぶ。

「剝がれたせいで、魂の一部が抜け出しちゃった、とか……」

考えながら口に出すと、沙良は小さく頷いてみせた。

「あり得ると思います。でしたら、やはりすべてを剝がすことで霊が解放されるような気がしますね」

「……そうかもしれない」

澪は頷くと、次々と紙を剝がし取り、やがて最後のひとつに手をかける。

そして、緊張しながらそれをゆっくりと剝がし取った、――瞬間。

小屋を漂っていた異様な空気が、嘘のようにスッと晴れた。

「全部、このおかしな魔法陣のせいだったんだ……」

念のため辺りの気配に集中してみたものの、女の霊の気配はもうどこにも感じられなかった。

「閉じ込められたままの残りの魂を解放してほしいと訴えるために、現れていたのでしょうね」

沙良も頷き、ほっと息をつく。そのとき。

「で、もう霊は出ないってこと？　つまり、依頼は完了？」

突如伊原から結論を急かされ、澪は少し迷った挙句、頷いてみせた。

「依頼に関しては、……そうなりますね。一応」

妙に曖昧な返事になってしまったのは、言うまでもない。

スッキリ解決という気分には、到底なれなかったからだ。

沙良や晃も同じ気持ちなのだろう、しばらく微妙な沈黙が流れる。

そんな重々しい空気の中、ふたたび伊原が口を開いた。

「いや、皆が言いたいことはわかるよ……。結論としては、この変な儀式みたいなやつがすべての元凶で、……この家の敷地内にこれがあるってことは、エイミーちゃんの両親もやばい人間の一味だっていう可能性が高いってことでしょ？」

伊原はあくまで淡々とそう言うが、少なからずショックを受けているのだろう、瞳に強い動揺を映していた。

澪は躊躇いながらも、頷く。

「この状況から考えると、……まあ、なんというか……」

「で、でもさ、本人たちも霊を怖がって、仮住まいに移ったんだよ……？　自分らでこんなことやったんだったら、逃げるのはおかしくない？　原因くらい想像つくだろうし……」

「それは……」

確かに、その点は疑問だった。

この奇妙な儀式を自ら行ったのなら、陶器の封印が外れていることくらい気付きそうなものだと。——そのとき。

「本人たちはなんにも知らされず、信用してる人間から実験に使われただけなんじゃないの？」

ふいに晃が口を挟み、全員の視線が集中した。

「……たとえば、伊東夫妻みたいに」

さらに補足されたひと言で、澪は眩暈（めまい）を覚える。

伊東夫妻といえば、占い師に頼って集落を壊滅させるという悪事に手を染めた後、結果的に自分たちも木偶人形の材料として魂を利用されるという、まさに占い師から実験台のように扱われた代表的な二人だ。

譬（たと）えとして出すにはあまりにも怖ろしく、澪は深く俯（うつむ）く。

「また、厄介な人間が関わってるのかな……」

ぽつりと呟（つぶや）くと、ふいに沙良が口を開いた。

「……たとえそうだったとして、なにも我々が深追いする必要はないのでは。エイミーさんのご実家の事情に関しては、今回の依頼とはまったく別件なのですから。……それでも、どうしても調べたいとおっしゃるのならば、……後は、目黒に任せるというのはいかがでしょうか」

その提案に、晃が即座に目を輝かせる。

「それ超名案！　まぁ僕も別に調べたいってわけじゃないけど、どういう団体かだけは知っときたいし。かといって、下手に動いてまた変に標的になるのは勘弁だから、目黒さんお得意のやばいネットワークを使ってもらうのが一番いいじゃん。……澪ちゃん、どう？」

それは、澪にとってもこの上なくありがたい提案だった。

その半面、また目黒に動いてもらうことへの申し訳なさも拭（ぬぐ）えず、澪は窺（うかが）うように沙良に視線を向ける。

「でも、迷惑かけちゃうし……」

控えめにそう言うと、沙良は柔らかい笑みを浮かべた。

「目黒も私と同様、皆さんに対して深い恩を感じていますから、むしろ喜んで動くと思います。では、すぐに呼びますのでお待ちください」

沙良はそう言い、早速電話をかけはじめる。

そのとき、しばらく呆然としていた伊原がぽつりと口を開いた。

「……それにしても、嫌なこと知っちゃったなぁ」

あまりにも弱々しい呟きに、澪の心が小さく疼く。

伊原がそう言うのも無理はなく、元を辿ればこの案件は、伊原が入れ込んでいるホステスに気に入られようと安請け合いした取るに足らないものであるはずで、こんな不穏な結末が待っているなんてまったくの想定外だからだ。

さすがに可哀想に思え、澪は伊原の背中にそっと触れる。

「とりあえず、エイミーさんからのお願いには応えられたわけですから……」

「そうなんだけど、『原因は君の両親がやってる変な儀式が失敗したからだったよ』、なんて言ったら……」

「……そこまで言う必要は」

「あるよ……。今後、エイミーちゃんまで変な宗教に巻き込まれたら大変だし。……ってなると、この状況を説明しないわけにはいかないんだから」

「それは、そうかもしれませんが……」

「フォローはいいって。俺だってちゃんとわかってるし」

「す、すみません」

「まあ、でも、……ついでに、あの妙な陶器の出処を、エイミーちゃんからそれとなく聞いてもらっておくよ。娘にだったら、普通に話すかもしれないし。目黒さんを使って深く調べる気なら、その情報を共有するからそっちで好きに使って」

「伊原さん……」

投げやりな口調ながらも、ずいぶん建設的な提案をくれる伊原に、澪は内心驚いていた。

一方、晃はあくまでふざけた笑みを浮かべ、伊原の肩を小突く。

「聞くってどうやって？　エイミーちゃんからは返事がこないのに」

「ちょっと、晃くん……」

さすがに今はと澪が慌てて割って入るが、伊原はそんな澪を制しつつ、ずいぶん捻(ひね)くれた視線を晃に向けた。

「〝携帯のロック画面に表示されるよう、メッセージの冒頭に高いシャンパンの名前を入れる〟と返事をくれるかもっていう名案を、君がくれたんじゃん」

「……うわ、さっきの聞いてたんだ？」

「早速、採用させてもらおうと思うよ」

「……それで本当に返事が来たら、傷付かない？」

「高いシャンパンから始まる恋もある」

「あるの？」

「ある。俺はそう信じる」

「……そう」

さすがの晃もそれ以上はなにも言わず、苦笑いを浮かべる。

状況にそぐわないやり取りだったけれど、そのお陰か、気付けば澪の不安は少しだけ和らいでいた。

目黒が到着したのは十五分後のこと。

そんなに近くで待機していたのかというツッコミは、もはや誰からもなかった。

目黒はことの顚末を聞くやいなや、無駄のない動きで陶器や魔法陣らしきものを何枚か撮影し、即座に方々に連絡を取り、あっという間に必要な作業を終わらせる。――そして。

「伊原さんが得られた情報も、すぐにご共有いただけると助かります。それも併せて調査し、ご報告しますので。……では、他にないようでしたら、今日はもう沙良様をお連れしても？」

よほど心配だったのか、やや不満げな沙良を当たり前のように回収し、あっさりと去って行った。

澪たちにもこれ以上長居する理由はなく、ひとまず小屋の中を元通りにし、リビングの機材をまとめる。そして。

「……いろいろ思うところはあるけど、とりあえず、帰ろっか」

晃のひと言によって、調査は終了となった。

帰り際、一応エイミーの祖母に挨拶をとも思ったけれど、時間が早すぎる上に伊原が必死に抵抗したため、結局、玄関に「お騒がせしました」と置き手紙を残し、澪たちは帰路につく。

帰りの車の中は、いつになく静かだった。

澪が延々頭に巡らせていたのは、どうか、この件が占い師絡みではありませんようにという切なる願い。

もしまた占い師と関わることになったときは、正直、無事でいられる自信がなかった。

そんなひたすら重い空気の中、唯一救いとなったのは、晃がぽつりと零した呟き。

「あの霊さ、解放されてよかったよね。結局何者なのかはわかんなかったけど、あんな変な儀式の道具として変な陶器にバラバラに封印されて、あまりに気の毒だもん」

その言葉に、澪は心から共感した。

それと同時に、統一性のない霊障やお札の効果など、不自然だった数々の現象も、すべては魂がおかしな使われ方をしたせいだったのだと考えると、腑に落ちる気がした。

なにせ、心霊現象に人の手が加わったときの異常さを、澪は身をもって知っている。

それが普通の家で行われていたと思うとゾッとするが、すっかり疲れきった澪には、もはやそこまで心配する余裕がなかった。


諸々の報告と調査結果が揃ったのは、五日後のこと。

その日は、伊原からのたっての希望により、第六の応接室に目黒を呼び、報告会を行うことになった。

次郎は相変わらず忙しそうだったけれど、澪からの報告を受け、やはり占い師のことが頭を過ったのだろう、直前になって参加すると連絡があり、同席している。——そして。

「——怖い報告とすごく怖い報告があるんだけど、どっちから聞く？」

報告会が始まるやいなや、口火を切ったのは伊原だった。

そもそも、わざわざ報告会という場を用意させた時点で嫌な予感がしていたけれど、並べられた選択肢はどちらも不穏で、澪は早速頭痛を覚える。

「……では、怖い報告からで」

渋々そう答えると、伊原は頷き、澪たちの方に携帯のディスプレイを見せた。

そこに表示されていたのは、六十代くらいの夫婦と、白衣を着てマスクをした年配男性が並んで撮られた写真。

「この写真は……？」

尋ねると、伊原はまず夫婦を指差した。

「この二人は、エイミーちゃんの両親」

「ご両親って、……あの、儀式の」

「まあ聞いて。で、この隣に写ってるのが、二人が通ってた整体院の先生なんだって。町内に住むめちゃめちゃ元気なお婆ちゃんに紹介してもらったんだとか」

「整体院、ですか」

「そう。ただ、その先生は整体だけじゃなく、手相やら占星術やら風水みたいな、スピリチュアルなものに精通してるらしくて、……その人こそが、エイミーちゃんの両親に例の儀式を伝授した張本人なんだとか」

「…………」

絶句したのは、澪だけではなかった。

比較的軽い方の話を選んだはずなのに、いきなり核心を突く内容だったからだ。

しかし、晃だけは、それを聞いて訝しげに眉を顰めた。

「そんなやばい話をあっさり教えてくれるなんて、不自然じゃない？」

確かにその通りだと、澪は思う。

しかし、伊原はその質問も想定内とばかりに、さらに言葉を続けた。

「それが、調査の日に君が予想していた通りで、ご両親はやっぱり、やばい話だってことすらわかってなかったみたい。なにせ、二人が先生に相談したのは、持病の糖尿病が良くなるようにっていうごくフツーの内容だから」

「……なにそれ。どういうこと？」

「外国で数百年にわたって行われている、根拠のあるおまじないだって聞いて、食いついたんだって。道具も全部先生が用意したんだとか。……もっとも、そんな胡散臭い話を真に受けた上、かなり高額のお金を支払ったみたいだから、その先生を崇拝してたっていう前提があることは明らかだけどま、霊感商法だろうね」

「でも、霊感商法ならお金が目的じゃないの？」

「そこまでは、さすがに」

「いや、調べてよ」

「さすがに無茶だよ……、こっちの情報源は被害者側なんだから。だいたい、俺にとっては、エイミーちゃんサイドに悪意がなかったって知れただけで十分な成果なんだ」

「そんな自己ちゅ……」

「――おおかた、実験だろうな」

ふいに割って入ったのは、次郎。

実験という嫌な響きに身構える澪を他所に、次郎はさらに言葉を続ける。

「世界中を回って多種多様な儀式を見てきたが、魂を分割して閉じ込め、それを魔法陣に並べて病気の治療をするなんて話は聞いたことがない。おそらく何者かが独自に開発したものだろうが、ひとつ確実に言えるのは、魂を使用した呪いはそのぶん効果も強く、病気の治療どころか、逆に人の命を奪いかねない危険なものになり得る」

「……つまり、人を殺す呪いってこと……？」

伊原がこわごわ投げかけた質問に、次郎はあっさりと頷いてみせた。

「ああ。おおかた、整体師かその関係者が開発し、実証実験を必要としたものの、呪いは失敗すれば呪い主に返ってくる性質上安易に試せず、騙されやすそうな人間に目星を付けて代わりに試させてる、……といったところか」

「う、嘘でしょ……。失敗して呪い主に返るなら、俺らがその呪いを崩したせいでエイミーちゃんの両親が危ないんじゃ……」

「いや、そもそも霊が抜け出ていた時点で、呪いとして成立していない。今無事なら、たいした影響はなかったんだろう」

「そ、そっか……、よかった」

「逆に、成立していた場合は、成功にしろ失敗にしろ誰かが死んでいただろうな」

「…………」

怖ろしい言葉に、伊原だけでなく全員が黙り込んだ。

そのとき澪の脳裏に浮かんでいたのは、やはり占い師と、その道具にされた伊東夫妻のこと。

晃は否定していたし、そのときは澪も納得したけれど、人を殺す呪いや、人の命をどうとも思わないやり口など、その残酷さにはどうしても通じるものを感じてならなかった。

もしまた占い師が関わっていたらと、考えただけで指先が震えはじめる。——しかし。

「——ただ、結果的に凡ミスで呪いが成立しなかったことをはじめ、呪い主として利用した夫婦があっさりとその場を離れ、おまけに娘への手回しすらできていない詰めの甘さからして、占い師の仕業ではない」

次郎も晃と共通の見解を口にし、澪の体からどっと力が抜けた。

「占い師じゃ、ないんですね……？」

「ああ。少なくとも本人ではない。ついでに言えば、占い師の警戒心の強さを考えると、仲間や弟子もいないだろう。実際、奴は常に単独行動だったからな。……とはいえ、両者に共通するものがあるのは確かだ。その上で考えられるとすれば、一方的に占い師を知る人間が模倣した可能性だな」

「模倣……」

「もちろん簡単じゃない。だからこそ、多くの実験と、実験台が必要となる」

「それで、……整体師が、患者を？」

「——そちらの件は、私が」

突如目黒が口を開き、次郎が頷く。

目黒は調査資料らしき紙の束を手に、説明をはじめた。

「まず先に、調査現場で撮影した妙な陶器や、謎の魔法陣のようなものについてですが、……結果から言いますと、なにひとつ、情報が出てきませんでした」

「は……？　ひとつも……？」

簡潔な報告にポカンと口を開けたのは、伊原。

目黒はいたって冷静に頷き返した。

「ええ。しかし、なにも出てこないということこそ、異常なのです。長崎さんは詰めが甘いとおっしゃいましたが、それでも、私の調査に引っかからない程度には、周到な隠蔽の手筈が整っているということです。そして、悪事を組織化しようと考える人間こそ、足がつかないことにもっとも神経を使います」

「そ、組織化……？」

「響きは物騒ですが、逆に考えれば、占い師とは無縁の言葉です」

「それは、確かに。……で、結局、整体師のことは……？」

「伊原さんからご報告をいただき、すぐに調査しました。……が、すでに整体院はありませんでした。そもそも整体院自体がテナントではなくアパートの一室であり、契約者は偽名、現在はもぬけの殻です」

「ま、まじで……？　じゃあ、整体師を紹介したっていう、近所の元気なお婆ちゃんは？」

「エイミーさんのご両親がその方のご自宅であると認識していた場所を調べましたが、その家に年配女性は存在しません」

「……嘘でしょ」

「それらの周到な手配からして、すでに組織としてある程度成り立っているのでしょうね」

「…………」

伊原が絶句するのも無理はなく、目黒の報告には、背筋がゾッとするような気味悪さがあった。

澪の精神疲労はすでに限界寸前だったけれど、気になることはまだ残っており、伊原に視線を向ける。

「伊原さん、……〝すごく怖い報告〟の方、まだ聞いていませんよね……」

すると、伊原は思い出したかのようにハッと目を見開いた。

「そう、……それなんだけど、エイミーちゃんのお祖母さん、いたじゃん」

「もちろん覚えてますよ……。なんというか、不思議な方でしたし」

「あの人さ、……お祖母さんじゃないんだって」

「は？」

「本物のお祖母さんはもうとうに亡くなっていて、……隣は、ずっと空き家らしい」

「…………」

まさかの報告に、もはや思考が追いつかなかった。

澪の頭にぼんやりと浮かんでいたのは、ほっかむりの隙間から覗いていた、震え上がってしまう程に鋭い視線。

とんでもない事実が判明したせいで、より怖ろしく思い出された。

かたや、晃はさほど驚きもせず、平然と頷く。

「まぁ、最初からだいぶ怪しかったもんね。むしろ、釈然としたっていうか。……やることやること全部不自然だったのはもちろんだけど、隣に住む息子夫婦が家を空けて、あれだけ干渉してる割に、鍵を預かってないってのもちょっと変だし。あのときは組織云々なんてまったく頭になかったから、深く考えてなかったけど」

その言葉に、伊原がすぐさま同意した。

「確かに、俺もエイミーちゃんから事実を聞いた瞬間から、妙に納得がいったっていうか。……今になって考えると、息子夫婦の家の訪問者に警戒してたんじゃなく、組織にとっての実験会場だったからこそ、呪いが他人の目に触れないよう見張ってたのかもって……」

「ってことは、小屋を無理やりこじ開けようとしてたのもあの人？」

「そう考えると辻褄が合うんだよなぁ。……掃除をするって言って状況を見に来たら、案外本格的な調査を始めてたから、見つかる前に証拠を隠そうと焦った可能性も……」

「現に、掃除中はやたら家中をウロウロしてたしね。その間に鍵を探したけど見つからず、仕方ないから小屋を無理やりこじ開けようとしたってことか。……結局失敗して、痕をガッツリ残してたけど」

二人は淡々と考察を続けていくが、澪は内心気ではなかった。

たとえ占い師が関係していないにしても、かなりまずい組織に目をつけられてしまったのではないかと。

すると、そのとき。

「——ともかく、その組織の正体や目的はわかりませんが、彼らの実験とこちらの調査とが重なったのは偶然であり、元々第六を標的としていたということではないのですよね」

澪の不安を察したのか、突如、沙良がそう口にした。

晃は少し考えた後、曖昧に頷く。

「ま、最終目標は知らないけど、今回はそうっぽいね」

「それがわかったのなら、もう関わるのはやめませんか。伊原さんの大切な方やご家族への被害も防げたわけですし、やはり、これ以上深追いする必要はないと思います」

その言葉に、目黒も小さく頷いてみせた。

「私もそう考えます。下手に追及し、本格的に敵とみなされるリスクを考えると、放っておくのが得策かと」

部屋は静まり返り、おそらく異論を持つものはいないのだろうと澪は思う。——けれど。

「あの残酷な実験、いろんなところでやってるのかな……」

澪はなかば無意識的に、心の中のモヤモヤを声に出してしまっていた。

また始まったとでも言いたげに晃が肩をすくめる中、目黒がさらに言葉を続ける。

「妙な呪いでなくとも、残念ながら、人の命を道具のように扱う輩はいくらでもいます。我々は正義の味方ではありませんし、たまたま関わったひとつの組織の悪行を憂いてもキリがありませんよ」

「そ、それはわかってるんですが、つい……」

「わかっていらっしゃることも承知していますが、念のためです。大切な人間を守りたいのなら、選択を間違えてはいけません」

「……はい」

もとより対立する気などなかったけれど、ぐうの音も出ない正論を言われ、澪は居たたまれずに視線を落とす。

――そして。

「……じゃ、この件は終了ってことで、いいよね」

晃のひと言により、想定外のことばかりだった今回の案件は、なかば強引にシャットアウトする形で一応の終幕となった。

もちろん、スッキリした結末であるとはとても言い難い。

ただ、そのときの澪には、少なくとも目の前で苦しんでいた霊だけは解放できたのだからと、自分にそう言い聞かせる他なかった。

＊

まさかのことが起きたのは、その日の退勤後。

突如、次郎から「相談がある」と言われ、澪は車で送ってもらいながら、話を聞くことになった。

こんなことは過去になく、澪は込み上げる緊張を抑えられないまま、助手席に乗り込む。

嫌でも浮かんでくるのは、やはり、実家での揉めごとが良くない方向に進んでいるのではないかという最悪の予想。

たとえば次郎の退社や第六の解散など、薄々過っていた妄想が、車に乗った瞬間から止められない勢いで膨らんでいた。──そのとき。

「澪」

「はっ……はいっ！」

いきなり名前を呼ばれ、思わずビクッと肩が揺れる。

一方、次郎はやれやれといった様子で溜め息をついた。

「そんなに構えるな」

「か、構えますよ……！　こっちはさっきから怖ろしい想像ばかりしてるんですから！　……っていうか、もう心臓が持たないんで、早く内容を教えてください……！」

「わかったから、騒ぐな。実は、個人的な頼みがある」

「個人的……？」

「ひとまず、これを見てくれ」

　そう言って渡されたのは、次郎の携帯。ディスプレイには、一枚の画像が表示されていた。

　それを見た瞬間、澪は目を見開く。

　なぜなら、そこに写っていたのは忘れもしない、薄茶に朱色の模様が入った陶器だったからだ。

「じ、次郎さん、これ……」

「久しぶりに実家に帰ったら、ややこしいことになってた」

「…………」

〝ややこしいこと〟の詳細など、もはや聞くまでもなかった。

　頭の中が、みるみる不安と疑問で埋め尽くされていく。

「こ、これ、えっと、誰が……」

「うちの爺さんだ」

「爺さんって……え！　吉原グループの会長じゃないですか……！」

「ああ。元はスピリチュアル的なものをなにひとつ信じないタチだったが、歳を取るといろいろ弱るらしい。こっそり妙な物に願掛けするようになったかと思えば、突然体調を崩し、しかも原因不明。嫌な予感がして爺さんの周囲を調べたら、微妙に気配を宿すコレが出てきた」

「会長は、これをどこから……」

「わからない。あの人はプライドが高く、験担ぎやらまじない関係だなんて口が裂けても白状しないだろうとは思っていたが、やはり、忘れたの一点張りだった。もちろん出処を調べたがなにも出てこず、……今日、目黒の話を聞いていろいろ腑に落ちた」

「……つまり、同じ組織の人間が関わってるってこと、でしょうか」

「おそらく」

次郎が頷いた瞬間、澪は酷い眩暈を覚えた。

関わるべきでないという結論を出したばかりだというのに、すでに、こんな身近なところで被害が出ていたのかと。

「それで、この陶器は壊したんですか……？」

「いや、安易に壊せない。なにせ、陶器の出処がわからない以上、中の気配だけが、持ち込んだ人間に行き着く唯一の手がかりだからな。それで、しばらく爺さんの部屋で気配の監視を続けたんだが、……奇妙なことに気付いた」

「奇妙なこと……？」

「ああ。爺さんの体調は芳しくない。……にしては、漂う気配があまりにも弱すぎる」

「人の体調に影響を与える程の霊が、ですか……？」

「明らかに不自然だろ。……その理由として考えられるとすれば、呪いに、生き霊が使われている可能性だ」

「生き霊……」

その瞬間、澪はこの話の行き着く先を察した。

なにせ、次郎には、生き霊が視えない。

理解するやいなや、澪の心の中に、使命感のようなものが勢いよく込み上げてきた。

「それで、お前に頼……」

「――わかりました！　やります！」

食い気味に言うと、次郎は目を見開く。――そして。

「……せめて、説明を聞いてからにしてくれ」

呆(あき)れた口調ながらも、どこかほっとしたようにそう呟(つぶや)いた。

「説明なんていりません。私にとってはどうせ一択です。それに、次郎さんがたびたび休みを取ってたのも、それが理由なんですよね？」

「まあ、そうだな」

「だったらなおさら、迷う理由なんてないです」

「……そう言うが、うちの人間は、兄貴以外の全員が爺さんと同じく心霊現象に懐疑的だから、骨が折れるぞ」

「そんなの、全っ然、大丈夫です。理解者が一人でもいれば、なんの不安もありません」

そう言った瞬間、次郎が意味深に瞳(ひとみ)を揺らしたけれど、澪にはその理由がわからなかった。

気になって言葉を待ったものの、次郎はそれについては結局なにも言わず、気を取り直すかのように一度小さく首を横に振る。

「あと、……実家に呼ぶとなると、いろいろ面倒な問題があるんだが——」

「え？……問題？」

「……いや、いい。追って話す」

言い辛(づら)そうな様子が少し引っかかりつつも、次郎から頼られたことへの喜びに加え、実家のトラブルが後継者問題ではなかったことへの安心感から、もはやそれどころではなかった。

そのときの澪は、間もなく次郎から〝婚約者を装ってほしい〟という、ラブコメのような台詞(せりふ)を聞くことになるなんて、想像もしていない。

過日の事件簿

与えられたもの

「ねえねえ、部長さんってさ、結局澪ちゃんのことどーする気なんだろうね？」

それは、イギリスから戻って間もないある日のこと。

晃は、第六の応接スペースで当たり前のようにくつろぐ伊原を見つけ、ふとそんな問いを投げかけた。

「え、なにその質問！　まさかあの二人、イギリスでなんかあった？」

伊原は途端に目を輝かせ、興味津々な様子で向かいに座る晃に身を乗り出す。

しかし、晃はすぐに首を横に振った。

「別になにも。いたって普段通り」

「なにそれ……。だったら、なんで急にそんなこと言い出したの」

「いや……、僕はね、密かにあの二人の関係性をずっと見守ってきたわけ。なにせ互いに超天然だから、放っておけなくて。……でも、僕の思いとは裏腹に、二人はとくに進展することなく、とはいえすでに長年連れ添った老夫婦のように理解し合ってるから、そういう関係性もあるのかなって思いはじめてたんだよ。……けど」

「けど？」

「部長さんが、妙に意味深なこと言ってたからさぁ。……ウォッチャーとしては、気になって」

「意味深なこと？」

そのとき晃が思い出していたのは、イギリスに向かう直前の出来事。

澪がひと足先にイギリスに発(た)つやいなや、次郎は唐突に、案件をひとつ片付けたいから同行してくれと言い出した。

その調査の終盤、次郎がふと零(こぼ)した発言を、晃は今も印象的に覚えている。

「……部長さんは、澪ちゃんになにをお返しする気なんだろ」

ついぽつりとひとり言を零すと、伊原が不満気に眉根(まゆね)を寄せた。

「いや……、一人で楽しまないでよ。お返しってなんの？」

「……物理的なものじゃないよなぁ、あの言い方だと」

「あのさ、君、俺と会話する気ある？」

正直、伊原のツッコミの通り、晃はとくに誰かと議論したいわけではなく、むしろ口に出せれば相手は誰でもよかった。

ただ、そういう意味では、意外にも口の堅い伊原は適任とも言えた。

「……じゃあ聞くけどさ、部長さんって澪ちゃんのことどう思ってると思う？」

聞いておいて、ずいぶん幼稚な質問だと考えている自分がいた。

こんな質問に対する答えなど、知れていると。――しかし。

「どうって……、言葉にしようがなくない？　あの二人の間にあるのは、俺なんかには理解不能のなにかだもの。なんていうか……、年頃の男女ってだけで俺が想像するような下世話なものを凌駕した、意味不明ななにか？」

「…………」

意外にも、伊原から返ってきた答えにしっくりきてしまい、晃は態度を改めソファに座りなおした。

「それって、僕がさっき言ったような、理解し合う絆みたいなこと？　いわば、家族愛的な？」

「いや、家族愛なら意味不明なんて表現しないよ。俺は妹を愛してるもの」

「じゃあ、どう意味不明なの」

「その前に、いい加減、なにがあったか教えてくれないかな」

「……まあ、そうなるよね」

妙に渋ってしまうのは、人のことに首を突っ込みすぎてしまっているという引け目が、多少なりともあるからだ。

そもそも晃には、他人の動向にここまで興味を持った経験がない。もちろん、唯一好きになった大切な存在は例外として。

にも拘らず、澪や次郎のことになると、つい無意識に詮索してしまい、さっきはウォッチャーなんて軽い言い方をしたが、実際は過保護な親さながらの情熱があった。

「多分、僕は単純に、幸せになってほしいんだよ」

「……またひとり言」

「いや、話すよ。正直、人の意見も聞いてみたいし」

「ずいぶんもったいぶるね。恋バナなら、全盛期に週八でキャバ通いしてたこの猛者に任せてよ」

「クズじゃん」

「武勇伝ですが」

いささか不安に苛まれつつ、晃は少し前の出来事に思いを馳せる。

そして、伊原の下世話な笑みに躊躇いながらも、ゆっくりと口を開いた。

＊

「急ぎで片付けたい依頼がある。悪いが、これから同行してくれないか」

次郎がそんなことを言い出したのは、晃たちがイギリスへ経つ二日前のこと。

無茶な申し出にはすっかり慣れている晃も、それにはさすがに困惑した。

「え、今日？　ってか、澪ちゃんがいない日にわざわざ？」

「ああ」

「ああって」

「いなくて問題ない」

「問題ないなんてことある？　しかも、二日後には僕らも出発だよ？」

「大丈夫だ、すぐに終わらせる」

「……………」

正直、理解ができなかった。

そもそも第六が行う調査には、まず現地にカメラをセットして事前調査をし、映った霊の素性を調べつつ行動パターンを解析し、ようやく現地の調査に移って原因を突き止め対策を講じるという、基本の雛形がある。

しかも、今は、もっとも重要な役割を担っている澪がいない。

どう考えても無茶だと呆然とする晃を他所に、次郎は車のキーを手にし、早速エントランスへ向かった。

「おい、行くぞ」

「え、ちょっと待っ……」

まだなんの返事もしていないが、どうやら沈黙は了承と理解されたらしい。

やれやれと思いながらも後を追うと、次郎はとくに機材の準備すらせず、そのまま車へ向かった。

「……あのさ、知ってると思うけど、僕、視えないよ？」

「なにを今さら」

「いや……、澪ちゃんの代わりにはなれないからねって、一応念を押しておこうと思って」

「大丈夫だ。期待してない」

「それはそれでモヤッとするんだけど、じゃあ僕はなにすんの？」

「可能性としては、力仕事だ」

「まさかの？」

なおさらわけがわからず、晃は天を仰ぐ。

そもそもこの次郎という男は、普段から致命的なくらいに説明が足りない。

いつもなら、事前の打ち合わせによってある程度の情報を把握できるが、今回は現時点でゼロも同然だった。

しかし次郎は平然と車に乗り、手早くカーナビを設定して発進させる。

カーナビを見る限り、目的地はどうやら蒲田のようだが、晃に心当たりはない。

移動しながら問い詰めようかとも思ったけれど、口数の少ない人間相手に質問を重ねるのもまた煩わしく、結局は成り行きに任せることにした。

「……部長さんって、案外モテなそう」

「は？」

「いや、構われたいタイプの女性はすぐ爆発しちゃうだろうなって」

「……どうでもいい話だな」

「そう？　でも、普段の調査にしたって、直属の部下が宇宙規模でおおらかな澪ちゃんだからこそ成立してる部分もあると思わない？　そこらへん、もっと自覚した方がいいと思うけど」

「それは言えてる」

「そんな調子じゃそのうち……え？」

想定外の反応に、晃は思わず動揺する。

一方、次郎は眉ひとつ動かさず、さらに言葉を続けた。

「澪の懐の深さに頼ってる部分は確かに多いな」

「……自覚、あったんだ」

「当然ある」

「ま、まあでも、澪ちゃんはいい意味で鈍いし、ストレス溜めてそうな気配は全然ないけどね」

「ただ、最近は余計な思考に苛まれがちだろう」

「余計な思考？」

「……着いたぞ」

なんだか気になるところで会話が途切れたけれど、次郎はそれ以上なにも言わず、先に車を降りた。

慌てて後を追うと、次郎は舗装されていない更地の駐車場の前で足を止める。

見れば、中には高木の姿があり、高木は晃に気付くと軽く手を上げて、ゆっくりと近寄ってきた。

「あれ、高木くんも一緒だったの？」

「そうだよ。だって今日はウチからの依頼だし」

「そうなんだ？」

「……聞いてないの？」

「全然なんにもまったく一個も聞いてない」

「……なんか、怒ってる？」

「怒ってはないんだけど、そういうわけだから、できればちょっとくらい説明がほしいとは思ってる」

「ああ……、うん、了解」

高木は、マイペースに駐車場内の確認をはじめる次郎に呆れたような視線を向ける。

そして、駐車場を囲うフェンスに背中を預け、携帯でなにやら検索した後、ディスプレイを晃に向けた。

表示されていたのは『連続婦女暴行殺人事件の犯人　ついに逮捕』という、十年前のネットニュースの物々しい見出し。

高木がその記事を見せた意図を考えると、ここがどんな場所であるかは、ある程度想像がついた。

「つまり、この駐車場が事件現場だったり？　で、被害者が無念を訴えて現れる、みたいな？」

思いついたまま予想を口にすると、高木は首を縦にも横にも振らず、携帯をふたたびポケットに突っ込む。

そして。

「半分正解なんだけど……、出てくるのは、被害者じゃないんだ」

そう言って、複雑な表情を浮かべた。

「……どゆこと？」

「ここが事件現場ってのは正解。でも、出てくるのは犯人の方。実はその犯人、逮捕直前に自殺してるんだよ」

「えっと、……自殺はともかく、なんで犯人が出てくんの？」

「その犯人、殺人で悦びを得る快楽殺人者でね。……おまけに、いわゆるネクロフィリアなんだとか」

「ネクロフィリア？」

「死体性愛だよ。……なにせ、かつてここにあった犯人の自宅には、逮捕時に何体もの女性の死体が安置されていたんだって。犯人はその中で普通に生活してたんだとか。……で、ここからはあくまで次郎談だけど、犯人は死んでもなお死体を、――つまり快楽を求めてるらしい」

「……キャラ強」

「ほんと、胸糞悪い話だよね。ちなみに、異常な事件だから報道規制がかかって、詳細は世間に公にされていないんだけど、なにせ逮捕に至ったキッカケが異臭騒ぎだから、この近隣ではすっかり知れ渡っていて。……で、最悪なのは、ここがウチの所有する土地だったってこと。犯人の家はウチ持ちで解体したけど、更地にしてもなお買い手なんて現れず、一旦駐車場として活用してるんだけど、……霊の目撃談が絶えないんだよね」

高木のお陰でおおかた理解したものの、内容が内容だけに、スッキリした気持ちにはなれなかった。

ずいぶん嫌な案件に呼ばれたものだと晃は思う。

「なんか、吉原不動産って変な土地ばっか持ってるよね」

「……多くの土地を所有しているから、中には変なのもあるって言ってもらえる？」

「一緒じゃん。……で、せめて霊が出ないようにしろって？」

「上がうるさくてね。まぁこのままじゃ、いつまで経っても事件が風化せず、土地の価値は無いも同然だから」

そんな事件が果たして風化するだろうかと晃は思うが、高木が第六に回したということは、諦めるわけにはいかない案件なのだろう。

ただ、話を聞く限り一筋縄ではいきそうになく、やはり澪がいない日に進めるのは無謀ではないかと、晃は改めて思った。

「とりあえず話はわかったんだけど、わざわざ澪ちゃんがいない日に進めて、誰がその霊を説得すんの？」

尋ねると、高木は次郎の方を見ながら、意味深に目を細める。

「……説得は、しないんじゃないかな」

「は？」

「だから、澪ちゃんはいなくてもいいんだよ」

察しはそれなりにいい方だと自負している晃も、その返答には困惑した。

「なに言ってるかわかんないんだけど」

「……だよね。とはいえ今のは俺の勝手な予想だし、直接次郎に聞いてみなよ、君はチームなんだから」

「そのチームの長が致命的に無口なんですが」

晃は不満を零（こぼ）しつつも、言われた通りに次郎の方へ向かう。

当の次郎はといえば、駐車場を囲うフェンスの支柱に、順番にお札を貼り付けて回っていた。

「部長さん、なにしてんの？」

「結界を張ってる。ここに出る霊が外に逃げないように」

「連続婦女暴行殺人犯の？」

「聞いたか」

「聞いたよ、部長さんが教えてくれないから」

　どうせ適当に流されるのだろうと思いつつも文句を言うと、次郎は意外にも一旦手を止め、晃と視線を合わせる。

「悪い。着いたら説明するつもりだったが忘れてた。今回は案件が案件だけに、あまり余裕がないんだ」

　普通に謝られ、晃は逆に動揺した。

「え、いや、別に全然いいんだけどさ」

　そう言いながら頭に浮かんでいたのは、次郎とは周囲が受ける印象程気難しいわけではなく、ただの天然であるという、これまでの付き合いで重ねてきた分析。

　もっとも第一印象で損をする部類だと、余計なお世話だと思いつつも、不憫に思えてならなかった。

「……でさ、高木くんから本人に聞けって言われたから聞くけど、そんなに大変な案件なら、やっぱり澪ちゃんがいるときの方がよかったじゃん。霊と対話できるのなんて、あの子だけなんだし」

　ひとまず気を取り直して本題に入ると、次郎はふたたびお札を貼り進めながら、首を横に振る。

「いや、対話は必要ない」

　返されたのは、高木が言った通りの答えだった。

とはいえ晃には理解ができず、眉を顰める。——しかし。

「こんなどうしようもないクズを相手に、あいつがダメージを食らう必要ないだろ」

そのひと言を聞いた瞬間、晃の脳裏に、これまで考えもしなかった仮説が浮かび上がった。

「……えっと、ちょっと待ってね。つまり、霊がクズすぎるから、澪ちゃんをあえて使わないって理解で、合ってる？」

「合ってる」

「それって、……最近の澪ちゃんは、霊に対してときどき情緒が不安定になって危ういから……？」

「いや違う。さっき言った通りだ。今回の霊は、澪がわざわざダメージを受けてまで対話し、救ってやる必要がない」

「…………」

言い方はあくまで淡々としているが、晃の頭の中で、その言葉は即座に「澪を傷つけたくない」と変換された。

次郎とは、そんな優男だっただろうかと、むしろたいした説明もなく無茶を押し付けるタイプではなかったかと、思わず動揺する。

「……だから、澪ちゃんがいない間に終えたいの？」

「さっきからそう言ってるだろう」

「……こっそりやらないと、それはそれで傷つくから？」

「しつこい」

部下を大切に思うのは別に普通のことだが、相手が次郎となると、繰り返し確認してもなお、信じ難い気持ちが拭えなかった。

本音を言えばもう少し処理する時間がほしいところだが、現場でいつまでも固まっているわけにはいかず、晃は首を横に振り、無理やり気持ちを切り替える。

すると、次郎が突如、思い出したように晃にタブレットを渡した。

「……なに、急に」

「お前視えないだろ。だから、出たらそれを使え」

「まさか、このレンズ越しに状況を確認しろって？」

「そうだ」

「いやいや！　いつもみたいにカメラ回して、モニターすればよくない？　パソコンくらい持ってきてるし」

「今日は録画の必要はない。資料を残す気もない」

「…………」

本日二度目の衝撃だったが、晃はすでに疑問を投げかける気力を失っていた。

ただ、対話も録画も放棄するとなると、どうしても聞かねばならないことがひとつあった。

「じゃあさ……、単刀直入に聞くけど、霊をどうする気？　この駐車場に閉じ込めるっていうところまでは理解したけど、そこからは？」

その疑問も無理はなく、晃には今回のような雑な調査の経験がない。

一方、次郎はさも当たり前のように、衝撃的なひと言を口にした。

「どうするもなにも、消すの一択だ」

「いや、だから、誰がどうやって？」

「俺が、お札で」

「お札って……、いつものやつ？　今も結界に使ってるソレ？」

「ああ」

「それ、霊を消したりもできるの？」

「使い様でいろいろできる。白ロムのようなものだと考えてくれ」

「意外にわかりやすいっていう……」

「今回は、東海林さんにいくつか手を加えてもらった。効果は、……まあ、見ればわかる」

次郎はそう言って、駐車場の端を指差す。

視線を向けると、そこには、直径三十センチ程はありそうな太い木材が数本、無造作に転がっていた。

しかしただの木材ではなく、すべてにびっしりとお札が貼り巡らされ、なんだか不気味な雰囲気を醸し出している。

「あのお札には、どんな効果があるの？」

「わずかに気配を宿してある」

「……なんのために？」

「死体と思わせるために」

「し、死体……」

「つまり、餌だ」

「餌……ってまさか、……ここに出る霊が、死体性愛者だから？」

「そういうことだ」

半信半疑で口にした思いつきをあっさりと肯定され、晃は正直、少し困惑していた。

もちろん、次郎の説明の意味が理解できなかったわけではない。

むしろ、死体性愛者の霊を死体に見せかけた木材でおびき寄せるという流れは、単純とも言える。

ただ、あえて言うなら、その方法には、いつも慎重な第六らしからぬ乱暴さを感じた。

「言っちゃなんだけど、結構適当な作戦だよね……」

「適当だとしても根拠はある」

込み上げたままの感想に、次郎は眉ひとつ動かさずに頷く。しかし。

「そもそも、俺が一人で動いていた頃は、厄介な霊に対して、消す以外に選択肢がなかった。だから、俺にとってはとくに珍しくもない手段だ」

続けて口にした意外な事実に、ふいに好奇心が騒いだ。

なにせ、次郎は自分のことをほとんど語らず、そこそこ付き合いが長くなってきた今も、過去のことは部分的にしか知らない。

だからこそ、一人で動いていた頃と言われても、あまり想像ができなかった。

「それって、澪ちゃんと出会う前だよね？　部長さんが一人でお兄さんのことを捜してた頃？」

「というより、自分の能力を自覚してからずっとだ。霊能力に関してはほぼ先天的なもので、俺には霊と対話する能力はなく、厄介なら消すしかなかった。……対話で救う方法を知ったのは、澪と会ってからだ」

「……そう、なんだ」

「お前は見慣れているかもしれないが、霊と対話できる人間はかなり珍しい。霊能者以外では、俺は澪以外に知らない。……だからこそ、情報が少なすぎて、どんな弊害が出るかを察してやれなかった」

「弊害……」

弊害とはなんなのか、もはや聞く必要はなかった。

晃もまた、霊と真摯に向き合うが故に傷つく澪の姿を、目の当たりにしてきたからだ。

途端に次郎の思いに共感し、ようやくじわじわとやる気が込み上げてくる。

「じゃあ……、さっさと霊を消して、第六にはなんの記録も残さず、全部なかったことにすればいいってことだね」

「そういうことだ」

「りょーかい」

晃は返事をしてその場に腰を下ろし、念のためにタブレットのカメラの機能を一通りチェックした。

やがて、結界を張り終えた次郎や高木も集まってきて、動きがあるのを静かに待つ。

大人三人が地面に座って寄り合う絵面は明らかに異様で、他人からどんな見え方をしているのか少し気になったものの、そのときは、なにかが起こりそうな緊張感の方が勝っていた。

しかし、一向に動きがないまま、一時間。

タブレット一台ではさすがに間が持たず、次第に集中力が切れはじめる。

「……ってかさ。肝心なことを聞き忘れてたけど、危なくはないの？　相手は相当やばい奴じゃん」

とくに心配していたわけではないが、退屈凌ぎのつもりで尋ねると、次郎はあっさりと首を横に振った。

「趣味嗜好が異常なだけで、危なくはない」

「でも、死体に見立てた木材に寄ってくるって、僕から言わせればもう妖怪同然なんだけど」

「まあ、妖怪という表現も遠からずだ。もっとも、生前から人の心は持ち合わせていないだろうし、すでに人の形を留めているかどうかすら……」

「――ねえ、なんか、……変な音が」

突如、次郎の言葉を遮ったのは、高木の不安げな声。

「音……？」

耳を澄ませたもののそれらしきものは聞こえてこず、晃はひとまずタブレットのカメラを起動し、木材の方へ向けた。

しかしとくに変わったものは見えず、晃は次郎の反応を窺う。

すると、次郎は瞳にやや警戒を滲ませながら、ゆっくりと袖を捲った。

「もしかして、部長さんにはなんか視えてる？」

「いや、まだ視えてはいない。……が、高木が反応したということは、そろそろ現れる」

「……そういや、高木くんて超敏感だったよね」

晃は次郎の言葉に納得しながら、どうやら高木は霊の探知機として連れて来られたようだと察した。

今回の調査は全体的に雑だが、人間の扱いも同様らしいと。

そんな高木はといえば、寒そうに体を摩りながら、落ち着きなく辺りに視線を泳がせていた。

「高木くん、音ってどんな？」

「どんな、って……、なにかを引きずってる、ような……」

「引きずってる？　なにを？」

「よくわからな……うわぁっ！」

会話中にいきなり叫び声を上げた高木に、晃はビクッと肩を揺らす。

「ちょっ……、心臓止まるかと思った……！　どうしたの……？」

「どうって……！　っ……！」

高木は声にならない悲鳴を最後に硬直し、突如、電池が切れたかのようにふらっと地面に倒れた。

「え、ちょっと……？　高木くん……？」

声をかけたものの、高木は白目を剝いておりもはや反応はない。

高木の失神癖については晃もよく知っているが、目にしたのは久しぶりで、その豪快さに一瞬頭が真っ白になった。

かたや、次郎はいたって冷静な様子で、お札を手に立ち上がる。

「……来たな」

「来た……？」

「ああ。カメラ越しに見てみろ」

そう言われてすぐに確認してみたものの、やはり画面の中にそれらしき姿は見当たらなかった。

晃には気配の強弱すらわからないが、まだ映像で捉えられるレベルではないのだろうかと、タブレットを持ったまま様子を窺う。――そのとき。

画面の端でなにかがかすかに動き、すかさずズームアップした瞬間、映り込んだものの異様さに、晃は思わず息を呑んだ。

「これ、なに……？　まさかと思うけど、目的の霊……？」

疑問形になるのも、無理はなかった。

なぜなら、それは一見してただの黒い塊であり、とても人には見えなかったからだ。

しかし、次郎は頷き、不快感を露わに眉を顰める。

「高木から聞いただろう。奴は多くの被害者の死体と一緒に、焼身自殺してる」

「焼身……って、まさか、死んだときの状態のまま彷徨ってる、ってこと？」

「そういうことだ。やはり、ほぼ原形を留めてないな」

「…………」

そう言われて改めてタブレットを確認してみると、その霊は炭のように黒く焦げた両腕らしきものをゆっくりと動かしながら、餌となる木材に向かって、地面を這うように進んでいた。

両足は動かないのか引きずっており、やがて、ズル、ズル、と不気味な音が響きはじめる。

　さっき高木に聞こえていたのはこれかと、納得するやいなや突如焦げ臭い匂いが漂い、晃は込み上げた嗚咽を慌てて抑えた。

「ねえ……、あんな状態になっても、まだ死体を求めてんの……？」

「ここまで執着の強い奴はそうそういない」

「……まじで、澪ちゃんいなくてよかったかも」

「ああ。あいつがいたら、荒れてるだろうな」

「だね……。で、その後なんだか落ち込むんだよね」

　やたらと感受性の豊かな澪の思考回路については、晃にとって、共感に苦しむ部分も多くある。

　だからこそ新鮮でもあり、出会った当初なんかは、物珍しい動物を観察するような気持ちで付き纏っていたこともあった。

　ただ、人にも霊にも同じように心を寄せ、常に全力で向き合う澪を見ているうちに、苦しそうなときはなんとかしてやりたいと思うようになり、最近に至っては、先んじて不安の種を摘んでしまいたいとすら考えるようになった。

　まさに、今回の次郎のように。

「暴走すればする程、周囲が過保護になる法則……」

「は？」

「……ううん、なんでもない。で、どーすんの？　順調に餌に寄ってきてるけど」

尋ねると、次郎は一度頷き、そのまま木材の方へ向かって足を進めた。

その落ち着き払った後ろ姿を見ながら、おそらく、澪と会う前までは手慣れた作業だったのだろうと晃は察する。

正直、晃はいまだに〝霊を消す〟という表現にピンときていないが、ともかく珍しいものが見られそうだと思い、タブレットを構えた。

次郎はといえば、木材の横に立ったまま、じりじりと迫り来る霊を待ち構える。

『あ　あ　アあ』

距離が狭まるにつれ、霊は悲鳴のような唸り声を上げはじめた。

死体を見つけて喜んでいるのだろうかと想像すると、嫌悪感と悪寒が同時に込み上げてくる。

やがて、霊はついに木材へと辿り着き、真っ黒な両腕を伸ばしてそれらにしがみついた。

うめき声にわずかな歓喜が滲み、晃の表情が自然と険しくなる。

そんな中、次郎は霊の間近からその姿を見下ろし、やがてポケットからゆっくりとお札を取り出した。

「……こうも同情の余地がないと、いっそ清々しいな」

冷ややかな口調が、張り詰めた空気の中で静かに響く。——そして。

「残念だが、お前が欲しがってるものは手に入らない」

その言葉と同時に、次郎はお札を握りしめた手を霊に向かって伸ばした。

その瞬間、地面が揺れる程の衝撃とともに大きな炎が上がり、次郎もろとも辺り一帯を包む。

まさかの展開に、晃は一瞬放心した。

しかし、すぐに我に返り、タブレットを放り投げて次郎に向かって駆け出した――けれど。

すぐに違和感を覚え、足を止めた。

というのは、肉眼で見た景色には炎などまったくなく、目線の先には、平然と立つ次郎の姿があったからだ。

わけがわからず、晃はしばらくポカンとした後、ふたたびタブレットを拾う。

すると、ある意味予想通りというべきか、画面越しに見た景色は、今も激しい炎で包まれていた。

「え、なにこれ……、どういうこと……？」

数々の不可思議な現象を目にしてきた晃ですら、これには驚きを隠せなかった。

そんな中、カメラ越しの炎はバチバチと音を立てながらさらに勢いを増し、真っ黒な煙をもくもくと空へと立ち昇らせる。

晃は肉眼とタブレットの映像を交互に確認しながら、ただただ呆然（ぼうぜん）としていた。

炎がようやく収まったのは、十分程経った頃。

おそるおそる木材があった場所に近寄ると、そこにはすっかり炭と化した残骸(ざんがい)が、わずかに残っていた。

現実では燃えていないはずなのに、その周りにはまだ熱の余韻が残っていて、晃は不思議な気持ちで次郎に視線を向ける。

「……あの霊は、消えたの？」

「ああ。跡形もなく」

「いわゆる成仏とは、違うんだよね」

「まったく違う」

「……ってか、あんなやばい霊が、一瞬で……」

もちろん、霊に同情しているわけではなかった。

ただ、対話をしない場合はこうもあっさりと消し飛ばせるという事実に、晃はなんとも言えない虚(むな)しさを覚えていた。

効率がいいのは確実にこっちだが、なんだか後味が悪く、妙なモヤモヤが消えない。

途端に、いつものように回りくどく、やたらと危険を伴う調査が懐かしく思えた。

「……なんかさぁ」

「どうした」

「澪ちゃんに、会いたくなったわ……」

もちろん、次郎から同意を得られるなどと考えていたわけではない。

ただ、口に出して気分を晴らせれば、それでよかった。――しかし。

「そうだな」

次郎は意外にも頷き、晃は思わず目を見開いた。

「……え？」

「なんだ」

「部長さん、今……」

「ところでお前、仕事が残ってるぞ」

「はい……？」

急に話題が変わり、次郎が指差す方向に視線を向けると、そこにあったのは、ぐったりと倒れる高木の姿。

その瞬間、今日の晃の仕事は力仕事だと言った次郎の言葉を思い出した。

「力仕事って、まさか」

「奴は無駄にでかいからな。俺一人じゃ無理だ」

「いや、僕じゃ戦力にならないでしょ……、見てよこの細腕」

「文句を言うな。さっさと運ぶぞ」

「横暴……」

晃は仕方なく、横たわる高木の片腕を引っ張り上げる。

次郎も反対側から同じように抱え、二人はなんとか高木を車まで運ぶと、後部シートに無理やり押し込んだ。

どっと疲れた晃は、助手席に乗りながら盛大に溜め息をつく。

「もう力仕事は永遠にパスで……」

念押しのつもりで強めに言ったものの、次郎は首を横に振った。

「悪いが、また似たような案件があったときは頼むことになる」

「嘘でしょ……、またやんの……？」

「残念ながら、こういう霊は案外多いからな」

「……それでも、断固澪ちゃんには頼まない気？」

「少なくとも、あいつが不安定な間は」

「……ずいぶん大事に育てていらっしゃるようで」

それは、十中八九「うるさい」と一蹴されることを予想した上でのひと言だった。

しかし、次郎は意外にも、小さく瞳を揺らす。

「え、なに。……どしたの？」

思わぬ反応に戸惑っていると、次郎はエンジンをかけながら、ふいに口を開いた。

「そうかもしれない」

「…………」

まさか肯定されるとは思わなかったが、次郎とこういう話をしたことはほとんどなく、ある意味新鮮でもあった。

晃の心の中にふと、前々から聞いてみたかった疑問が浮かぶ。

「ってかさ、……部長さんは、第六をどうしていく気なの？　このまま澪ちゃんを育てながら、ずっと続けていくの？」

思った以上に真剣なトーンになってしまったことに、晃自身が一番驚いていた。

どうやら、思っていた以上に気になっていたらしいと、晃はこの瞬間に自覚する。

次郎はといえば、しばらくの沈黙の後、過去に思いを馳せるかのように遠い目をした。

「そもそも、……一哉を捜していた以上に気になっていたらしいと、

まったく頭になかった。薄々、生きて再会は叶わない気がしていたし、だからこそ、遺体を見つけた後に平然と残りの人生を歩む想像ができなかった。死にたいとかそういうことじゃなく、……ただ、シンプルに、目的を達した後は、自分がしっくりくる居場所はもう存在しないだろうと思っていた。……のに」

「のに……？」

「吉原不動産から第六物件管理部が消滅し、俺の勝手な都合で採用した澪の居場所をと第六リサーチを作って、とりあえず間に合わせの対応をしたつもりが——」

「……澪ちゃんがどんどん有能になっちゃって、一緒にいろんなことを経験するうちに、部長さんにとっても居場所としてしっくりきちゃったんだね」

中途半端に途切れた続きを勝手に補完すると、次郎は我に返ったように瞳を揺らした。

おそらく、いつになく喋りすぎている自分に戸惑っているのだろうと晃は思う。

しかし、それでも次郎ははぐらかすことなく、さらに言葉を続けた。

「……俺もというか、俺が、だ。居場所を作ってやったつもりでいたが、最近はむしろ、俺がもらったような気すらする。……だから」

「だから……？」

「それ相応のものを、返すべきだと思ってる」

「なるほ……え？」

頷きかけて、晃は思わず眉根を寄せる。

しっくりくる居場所をもらい、それ相応のお返しとなるとやはり居場所ではないかと、――そう思い立った途端、晃の中でみるみる妄想が飛躍をはじめたからだ。

「……ねえ、相応の居場所って言うけどさ、それってつまり、一生面ど……」

つい、いつものように揶揄しそうになり、晃は慌てて口を噤む。

この天然な男に至っては、周囲が余計なことを言わず、静かに見守っている方が面白い結末に向かうのではないかと思ったからだ。

「……一生？」

「いや、……うん、返してあげてほしい。ぜひとも」

「なにか言いかけただろ」

「いや、なにも。……ただ、いい話を聞いたなって思っただけ」

「……は？」

「いい、大丈夫。あとは妄想で楽しむから」

晃がそう言うと、次郎はやや不満げながらもそれ以上なにも言わず、車を発進させる。

そして、以降はもう二度と、その話題を掘り返すことはなかった。

＊

「──ってわけで、妄想するとは言ったものの結局気になっちゃって。今となっては、部長さんの本音が聞けた貴重な機会に、もっと突っ込んでおくべきだったかもって後悔してるんだよね」

「……ほー」

すべてを話し終えたものの、伊原の反応は思いの外あっさりしていた。

「ほーってなに」

「いや、……なんていうか、結構想定内の内容だったから」

「え、どこが？　ってか話聞いてた？」

「聞いてたし、どこがって全部」

「……じゃあ伊原さんには、部長さんが澪ちゃんになにを返す気なのかわかんの？」

「うん」

「……は？」

即答されてポカンとする晃を前に、伊原は勝ち誇ったかのように笑う。

「言っておくけど、俺はそんなの最初っからわかってるよ。なにせ、君よりずっと昔から次郎くんのことを見てきたし、彼の変化に関しても、そのぶん顕著に感じてるわけだから」

「だったら、教えてよ」

「そんなに難しい？」

「自分だって、二人は理解不能で意味不明ななにかだって言ってたじゃん」

「あれはそういう意味じゃないよ。だいたい、他人から見て理解不能で意味不明ななにかだとしても、最終的に行き着く形にそんなに種類はないわけだから」

「……いや、全然わかんない。説明して」

「マジでわかんないんだ？　君って妙に悟りきっているようなときもあるけど、こういう面に関してはただのクソガキだよね」

「うざ……。で、教えるの？　教えないの？」

「ひとまず、三年キャバ通いして学んできなさい」

「………」

こうも楽しげに馬鹿にされてしまうと、さすがにこれ以上追及する気にはなれず、晃は苛立(いらだ)ちを露(あら)わにソファから立ち上がる。

そして、心底時間を無駄にしたと心の中で文句を言いながら、挨拶もせずに伊原に背を向けた。——けれど。

去り際にふと頭を過ったのは、伊原がさっき口にした「最終的に行き着く形にそんなに種類はない」という言葉。

それは不本意にも、晃が求めている答えに限りなく近い気がした。

本書は書き下ろしです。
この作品はフィクションです。実在の
人物、団体等とは一切関係ありません。

丸の内で就職したら、幽霊物件担当でした。16

竹村優希

令和6年 7月25日　初版発行

発行者●山下直久

発行●株式会社KADOKAWA
〒102-8177　東京都千代田区富士見2-13-3
電話　0570-002-301（ナビダイヤル）

角川文庫 24243

印刷所●株式会社暁印刷
製本所●本間製本株式会社

表紙画●和田三造

◎本書の無断複製（コピー、スキャン、デジタル化等）並びに無断複製物の譲渡および配信は、著作権法上での例外を除き禁じられています。また、本書を代行業者等の第三者に依頼して複製する行為は、たとえ個人や家庭内での利用であっても一切認められておりません。
◎定価はカバーに表示してあります。

●お問い合わせ
https://www.kadokawa.co.jp/（「お問い合わせ」へお進みください）
※内容によっては、お答えできない場合があります。
※サポートは日本国内のみとさせていただきます。
※Japanese text only

©Yuki Takemura 2024　Printed in Japan
ISBN 978-4-04-115109-9　C0193

◇◇◇

角川文庫発刊に際して

角川源義

第二次世界大戦の敗北は、軍事力の敗北であった以上に、私たちの若い文化力の敗退であった。私たちの文化が戦争に対して如何に無力であり、単なるあだ花に過ぎなかったかを、私たちは身を以て体験し痛感した。西洋近代文化の摂取にとって、明治以後八十年の歳月は決して短かすぎたとは言えない。にもかかわらず、近代文化の伝統を確立し、自由な批判と柔軟な良識に富む文化層として自らを形成することに私たちは失敗して来た。そしてこれは、各層への文化の普及滲透を任務とする出版人の責任でもあった。

一九四五年以来、私たちは再び振出しに戻り、第一歩から踏み出すことを余儀なくされた。これは大きな不幸ではあるが、反面、これまでの混沌・未熟・歪曲の中にあった我が国の文化に秩序と確たる基礎を齎らすためには絶好の機会でもある。角川書店は、このような祖国の文化的危機にあたり、微力をも顧みず再建の礎石たるべき抱負と決意とをもって出発したが、ここに創立以来の念願を果すべく角川文庫を発刊する。これまで刊行されたあらゆる全集叢書文庫類の長所と短所とを検討し、古今東西の不朽の典籍を、良心的編集のもとに、廉価に、そして書架にふさわしい美本として、多くのひとびとに提供しようとする。しかし私たちは徒らに百科全書的な知識のジレッタントを作ることを目的とせず、あくまで祖国の文化に秩序と再建への道を示し、この文庫を角川書店の栄ある事業として、今後永久に継続発展せしめ、学芸と教養との殿堂として大成せんことを期したい。多くの読書子の愛情ある忠言と支持とによって、この希望と抱負とを完遂せしめられんことを願う。

一九四九年五月三日